خاکوں کے رنگ : ۳

(خاکے)

شوکت تھانوی

KhakoN ke Rang -3 *(Humorous Sketches)*
by: Shaukat Thanvi
Edition: October '2024
Publisher :
Taemeer Publications LLC (Michigan, USA / Hyderabad, India)

ISBN 978-93-5872-670-1

کتاب	:	**خاکوں کے رنگ: ۳** (خاکے)
مصنف	:	**شوکت تھانوی**
صنف	:	طنز و مزاح
ناشر	:	تعمیر پبلی کیشنز (حیدرآباد، انڈیا)
سالِ اشاعت	:	۲۰۲۴ء
صفحات	:	۱۱۲
سرورق ڈیزائن	:	تعمیر ویب ڈیزائن

فہرست

دیباچہ

محمد طفیل صاحب جن کا کوئی تخلص نہیں ہے، میرے ہمعصروں میں گذر رہے ہیں۔ ان کی خاطر مجھے بے حد عزیز ہے اور میں خود ان کے لیے "بارِ خاطر" کی حیثیت بھی رکھتا ہوں اور "یارِ شاطر" کی بھی۔ چنانچہ یہ مجموعہ جو کچھ بھی ہے ان ہی کی ایک فرمائش کی تعمیل ہے۔

"غبارِ خاطر" دیکھ کر میں نے ازراہِ شامتِ اعمال چند خطوط ان کے رسالہ "نقوش" کے لیے لکھے تھے۔ معلوم نہیں وہ کون سی گھڑی تھی جب یہ خطوط لکھے گئے تھے کہ اس جرم کی سزا مجھ کو اور خود طفیل صاحب کو مدتوں بھگتنا پڑی۔ ان کا اصرار کہ میں اسی قسم کے خطوط کا ایک مجموعہ تیار کروں اور میرا اس فرمائش سے فرار۔ مگر آخر اس فرمائش نے فہمائش کی صورت اختیار کر لی اور یہ مجموعہ ہم دونوں کے لیے صحیح معنوں میں بارِ خاطر ثابت ہونے لگا۔ آخر خدا خدا کر کے اب چند خطوط ان کے حوالے کر رہا ہوں۔

ان مکاتیب کی تحریر کے کام سے میں فارغ ہو رہا ہوں اور اب ان کی اشاعت کا سر و سامان خود طفیل صاحب کو کرنا ہے۔ مجھے صرف یہ عرض کرنا ہے کہ میں نے یہ خطوط غبارِ خاطر والے مکاتیب کی طرح قلم برداشتہ تو نہیں البتہ دل برداشتہ ضرور لکھے ہیں۔ اس کے باوجود اگر ان خطوط میں کسی کو کوئی خوبی نظر آ جائے تو اس کو میری کرامت نہ سمجھا جائے بلکہ مولانا آزاد کا فیض سمجھا جائے جن کے مکاتیب کی یہ "ریڑھ

ماری گئی ہے"۔

پیروڈی کا ترجمہ "ریڑھ مارنا" سید محمد جعفری سے مجھ تک پہنچا ہے اور وہ راوی ہیں کہ یہ ترجمہ ماجد صاحب کا ہے۔ بہر حال جس کا بھی ہو خوب ہے اور اس مجموعہ کے لیے تو خوب تر۔

غبارِ خاطر اور بارِ خاطر میں کوئی مناسبت نہیں۔ ع

چہ نسبت خاک را با عالم پاک

مولانا آزاد کو جو عشقِ صادق چائے سے ہے وہی پیمانِ وفا میں "پان" سے باندھے ہوئے ہوں۔ یہی وجہ ہے کہ اس مجموعہ کے بیشتر خطوط میں تان آکر پان ہی پر ٹوٹی ہے۔ اور اس کے علاوہ اس مجموعہ کے کسی خط میں وہ غبارِ خاطر والی کوئی بات کسی کو نہ ملے گی البتہ بارِ خاطر تو یہ ہے ہی۔

شوکت تھانوی

۱۹۵۶ء

***

ڈاکٹر عبادت بریلوی کے نام

گڑھی شاہو۔ لاہور

محبِّ مکرّم!

سُنا بھی یہی تھا اور پڑھا بھی یہی کہ ؎

اگر پدر نتواند پسر تمام کند

مگر جہاں تک پان کا سوال ہے آپ کے والد محترم و معظّم نے "نتواند" والی بات ہی پیدا نہ ہونے دی اور اس ذوق میں اس فیاضی سے کام لیا کہ پسر کے حصّے میں کچھ نہ آسکا آج بھی اگر کہیں سرِ راہے بھی ملاقات ہو جائے تو علیک سلیک کے بعد ہاتھ بجائے مصافحہ کے لئے بڑھنے کے اُن کے اُس تھیلے میں جاتا ہے جس میں پانوں کی ڈبیا اور بٹوہ ہوتا ہے اور وہ عموماً کیفیت مزاج پان کھلانے

کے بعد ہی پوچھتے ہیں اس لئے کہ ان کو معلوم ہے کہ پان کھلائے بغیر کسی کا مزاج کیونکر بخیر ہو سکتا ہے۔ اب تو خیر "ہٹھنوری" دوسری چیز ہے ورنہ در اصل ان کا ضعیفی کا عالم ہے یہ بھی ان کا حوصلہ ہے کہ قویٰ کا اضمحلال ظاہر نہیں ہونے دیتے اور اپنے تیوروں سے عناصر کے اعتدال کا یقین دلاتے رہتے ہیں ورنہ جب لکھنؤ میں ان کا شباب تھا اس وقت ان کی اس پانوں کی ڈبیا پر بھی بھرپور جوانی آئی ہوئی تھی۔ جس ڈبیہ میں آج اس نام نہاد پان کے ٹکڑے تہہ بہ تہہ رکھے نظر آتے ہیں اسی ڈبیا میں پستئی پانوں کی معطر گلوریاں پہلو بہ پہلو پڑے جمائے دکھائی دیتی تھیں مگر ع

یہ قصہ ہے جب کا کہ آتش جوان تھا

خیر وہ تو اپنا اور اپنی جوانی کا حق ادا کر چکے اور وضعداری آج بھی ان میں موجود ہے۔ مخاطب تو اب آپ ہیں اور آپ آتش نہ سہی مگر جوان تو بہر حال ہیں نوجوان ہیں اس لئے نہیں کہتا کہ ابھی ۱۹ر مئی کو آپ کی نوجوانی اپنا چھوٹا پن کھو چکی ہے۔ شادی کے بعد جنسِ لطیف کے لئے اگر دوشیزگی کی ترکیب بے محل ہو جاتی ہے تو جنسِ قوی کو بھی نوجوان کہنا اسی قسم کی زیادتی ہے۔ بہر حال اب دیکھنا یہ ہے کہ شادی کے بعد آپ میں کیا انقلاب پیدا ہوتا ہے۔ سنجیدگی تو خیر آپ میں پہلے بھی تھی مگر اب تو خدا کے فضل سے "فہمیدگی" بھی پیدا ہو گئی ہو گی۔ مگر ازدواجی زندگی میں آپکے اس پہلے ہی قدم پر ایک آزمودہ کار کی

حیثیت سے چند گُر کی باتیں اس شادی کے تحفے کے طور پر پیش کرنا چاہتا ہوں۔ آپ کو تو یہ پہلا سابقہ ہے مگر میرے متعلق تو آپ کو یہ معلوم ہی ہوگا کہ ؎

عمر گذری ہے اسی دشت کی سیاحی میں

لہذا میری یہ باتیں گرہ میں باندھ لیجئے کہ آپ ٹھہرے تنقید نگار اور معاف کیجئے گا تنقید نگار اتنا حسن شناس نہیں ہوتا جتنا "عیب جو" ہوتا ہے۔ وہ بال کی کھال اس لئے نہیں نکالتا کہ اس میں خود اپنی صناعی کا کوئی جوہر دکھا سکے بلکہ مقصد صرف یہ ہوتا ہے کہ اس تجزیہ سے صنعتی لغزشوں کو اُجاگر کرے۔ اگر آپ نے خدانخواستہ یہ تنقید نگاری گھر میں بھی شروع کر دی تو دو ہی نتائج پیدا ہو سکتے ہیں کہ یا تو وہ آپ کو تنقید نگار سمجھ کر مرفوع القلم سمجھ لیں اور آپ کی بات پر برا ماننا چھوڑ دیں یا وہ آپ کی تنقید کی تاب نہ لا کر کہہ اُٹھیں کہ ؎

نکتہ چیں ہے غمِ دل اس کو سُنائے نہ بنے

کیا بنے بات جہاں بات بنائے نہ بنے

شریکِ حیات تنقید نہیں قصیدہ چاہتی ہے خواہ وہ کتنا ہی بھونڈا کیوں نہ ہو۔ آپ کا فرضِ اولیں یہ ہے کہ آپ ان کو اپنے تنقید نگار نہ ہونے کا یقین دلا دیں اور اُن سے کہہ دیجئے کہ یہ تنقید نگاری وغیرہ سب دُکان کی چیزیں ہیں ان کا گھر سے کوئی تعلق نہیں لہذا ؎

نہ کہیو طعن سے پھر تم کہ ہم ستمگر ہیں

مجھے تو خو ہے کہ جو کچھ کہو بجا کہیئے

اس شعر کے اصل معنی پر نہ جائیے بلکہ پہلے مصرعے کے "ہم" کو اُن کا نہیں بلکہ اپنا "ہم" بنا کر اس کا مفہوم اپنے سانچے میں ڈھال لیجیے۔ ازدواجی زندگی میں تعلیم نسواں کے فروغ کے بعد یہ انقلاب پیدا ہو چکا ہے کہ پہلے عورت ناقص العقل ہونے پر قانع رہتی تھی اور اب اس کو اس وقت تک چین نہیں آتا جب تک شوہر کا ناقص العقل ہونا طے نہ پا جائے چنانچہ کامیاب شوہر وہی سمجھے جاتے ہیں جو فدویانہ زندگی بسر کرنا شروع کر دیں۔ بظاہر تو عورت مساوات کی علمبردار ہے لیکن اگر آپ مساوات برتنے کا یہ طریقہ اختیار کر لیں کہ؎

عشق اگر حسن کے جلوؤں کا ہے مرہونِ کرم
حسن بھی عشق کے احساں سے سبکدوش نہیں

تو ازدواجی زندگی اچھی خاصی "تو تو میں میں" بن کر رہ جاتی ہے۔ وہ جو ہمارے آپکے بزرگ اہلِ خانہ کے مجازی خدا بن کر شریکِ حیات کو حقیقی بندی سمجھ لیا کرتے تھے وہ زمانہ ان کے ساتھ ہی رخصت ہو گیا۔ اور وہ زمانہ بھی گیا جب شادی کے موقع پر آرسی مصحف کی رسم کے وقت ڈومنیاں دولہا سے کہلوایا کرتی تھیں کہ "کہو میاں، بیوی آنکھیں کھولو، میں تمھارا غلام ہوں" اب تو بیوی آنکھیں کھول کر پہلے یہ دیکھ لیتی ہے کہ یہ شخص غلام ہے یا نہیں اس کے بعد شادی کی نوبت آتی ہے۔ قصہ مختصر اگر آپ نے شادی کر ہی لی ہے تو ازدواجی زندگی کے آداب بھی جلد سے جلد حاصل کر لیجیے یہ نقشبند نگاری۔ بیخودی اور خودستائی

ان سب کو مہر معجل کی شکل میں پہلے ادا کر دیجئے اور اگر تجربہ ہی کرنا ہے تو یہ امتحان بھی سہی ؎

دیکھئے کیا شور اٹھتا ہے حریم ناز سے
سامنے آئینہ رکھ کر خود کو اک سجدہ کریں

مگر میں آپ کو مشورہ نہ دوں گا کہ خود کو اس خواہ مخواہ کی آزمائش میں ڈالیں۔ عافیت اسی میں ہے کہ مونچھ نیچی ہی سہی۔ آپ کی اس نئی زندگی کی کامرانیوں کیلئے دست بدعا ہوں اور دولہا دلہن کا جام صحت ایک تازہ گلوری سے تجویز کرتا ہوں۔

شوکت تھانوی

پروفیسر وقار عظیم کے نام

گڑھی شاہو۔ لاہور

سیدی!

آپ کو جب پہلی مرتبہ پانوں کی جستجو میں پایا تو بخدا سخت حیرت ہوئی کہ آپ کا بھلا اس برگِ شجرِ ممنوعہ سے کیا تعلق۔ پھر خیال آیا کہ دوا کھانے کے بعد مریضوں کو منہ کا مزہ بدلنے کے لئے پان دے دیا جاتا ہے شاید اسی قسم کی کوئی ضرورت پیش آگئی ہو۔ مگر جب دوسری مرتبہ آپ کے ہاتھ میں تو امام کی ششتی دیکھی تو بے ساختہ یہ عرض کرنے کو جی چاہا کہ ؎

آج تو آپ کو بھی جام بکف پاتا ہوں

حضرتِ شیخ میں آداب بجا لاتا ہوں

مگر حیرت تھی کہ اگر آپ یہ شغل فرماتے ہیں تو رنگ چوکھا کیوں نہیں آتا اور یہ شغل نہیں تو سے

میکدے میں حضرت زاہد خدا کی شان ہے
جنت الفردوس کے دھوکے میں شاید آ گئے

تحقیقات کی تو پتہ چلا کہ اس کوچہ میں حضور "بکار سرکار" آتے ہیں یعنی جس قدر پان سے بیگانہ ہیں اسی قدر گھر میں پاندان کا خرچ بڑھا ہوا ہے۔ کوئی اور ہوتا تو آپ اس کو سمجھاتے۔ یہ بیکار کی عادت چھوڑ دینے۔ مگر سے

دہن یار کا دیکھ چپ لگ گئی
سخن یاں ہوا ختم حاصل کلام

بہرحال کسی طرح سہی آپ کے گھر میں پاندان ہے تو موجود اور صرف موجود ہی نہیں ہے آباد بھی ہے ورنہ آپ کا بس چلتا تو آپ اپنے گھر کے ہر فرد کے منہ میں صابن کی ایک ایک فیکٹری کھول چکے ہوتے آپ تو ان بزرگوں میں سے ہیں جو پان کی اس ہر دلعزیزی پر حیران ہوتے ہیں اور جن کی سمجھ میں یہ بات کسی طرح نہیں آتی کہ پان میں آخر دھرا ہی کیا ہے سے

معلوم نہیں کیا ہے لب سرخ بتاں میں
اس آتش خاموش کا ہے شور جہاں میں

کبھی کبھی تو خیر آپ نے بھی پان کھایا ہی ہوگا - دوا پی کر - عید بقر عید کے موقع پر -

کسی شادی بیاہ کی محفل میں مگر بغیر تمباکو کے در اصل پان پان ہی کب ہوتا ہے اور تمباکو کھانے کا مشورہ آپ کے ایسے دھان پان کو دیا نہیں جا سکتا البتہ اتنا ضرور عرض کرنا ہے کہ یہ پان سے بیگانہ رہنے ہی کا سبب ہے کہ آپ کا ایسا ادب کا صحیح ذوق اور شعر کا صحیح وجدان رکھنے والا شعر و ادب کی ہر رنگینی میں ڈوبنے کی پوری صلاحیت رکھنے والا نہایت ٹھوس اور ٹھس قسم کا نقاد اور ادب کا مؤرخ بن کر رہ گیا۔ آپ کی ادبی خدمات سے انکار نہیں پھر بھی واقعہ ہے کہ آپ نے ادب کو بہت کچھ دیا ہے مگر معلوم نہیں کیوں جی یہ چاہتا تھا کہ آپ نقاد ہونے کے بجائے کچھ اور ہوتے۔ کچھ اور سے میری مراد یہ ہے کہ صیاد نہ ہوتے بلکہ صید ہوتے۔ آپ کی فطری ذہانت، آپ کی متانت کی آڑ کے اندر بذلہ سنجی اور طنز و مزاح کی چھپی ہوئی آمد اگر بروئے کار آ سکتی تو ادب کو اس سے بہت زیادہ حاصل ہو سکتا جو آپ کی ٹھوس اور خشک تحریروں نے عطا کیا ہے اس میں شک نہیں کہ اس خشک اور ٹھوس طرزِ تحریر میں بھی کہیں کہیں آپ کی فطری بذلہ سنجی جھلک ہی جاتی ہے ؎

اگرچہ خشک ہیں جیسے پر کاہ
اُڑے ہیں مگر جی لیکن ہوا میں

لیکن در اصل آپ کے اسی فطری رنگ کو نمایاں ہونا چاہیئے تھا جو آپ کی تحریروں میں کم اور آپ کی گفتگو میں زیادہ نمایاں ہے مگر جس رفتار سے صحت

خراب ہو رہی ہے۔ درس و تدریس کی ملازمانہ ذمہ داریاں بڑھ رہی ہیں اور اپنے اربابِ ثلاثہ میں خود اپنے روح القدس ہونے کا احساس پیدا ہوتا جاتا ہے اسی رفتار سے یہ بیساختگی مفلوج ہوتی جارہی ہے اور آپ وقارِ عظیم کے بجائے اپنے کو کوہِ وقار بناتے چلے جارہے ہیں۔ کاش ان حالات نے اُردو کو ایک نہایت بیساختہ قسم کے طنز نگار سے محروم نہ کیا ہوتا۔

میں نے بیکے از اربابِ ثلاثہ ڈاکٹر عبادت بریلوی کے مکتوب میں عرض کیا ہے کہ تنقید نگار اتنا حسن شناس نہیں ہوتا جتنا عیب جو ہوتا ہے مگر حیرت آپ پر ہے اس لئے کہ آپ فطرتاً حسن شناش ہیں۔ ہر حسین منظر آپ کی آنکھوں میں ایک چمک پیدا کر دیتا ہے آپ کی روح جھوم جاتی ہے آپ کا دل خوش ہو جاتا ہے مگر اس کے بعد ہی جب آپ کی تنقید نگاری آپ کو آواز دیتی ہے کہ "یہ کیا ہو رہا ہے" تو آپ فوراً اپنے کو سنبھال لیتے ہیں اور اس حسن میں خامیوں کی جستجو شروع کر دیتے ہیں تاکہ حقِ تنقید ادا ہو سکے۔ معاف کیجئے گا اگر میں یہ عرض کروں کہ ایک تنقید نگار جس فن پر تنقید کرتا ہے اُس فن کا اُس سے بہتر تو کیا اُس سے کمتر قسم کا بھی کوئی نمونہ پیش کرنے کی جرأت کبھی نہیں کر سکتا۔ اس کا مطلب یہ نہیں ہے کہ اس میں صلاحیت ہی نہیں ہوتی۔ صلاحیت ہو یا نہ ہو مگر یہ تنقید نگاری خود اُس کو بزدل بنا دیتی ہے۔ تخلیق اور دریافت کا درجہ بہرحال تنقید سے بلند ہے اور حیرت ہے کہ آپ نے اس بلند مقام کو چھوڑ کر

اپنے کو خواہ مخواہ نقاد کیوں بنا رکھا ہے۔

معاف کیجئے گا بات کچھ زیادہ بڑھ گئی۔ کہنا صرف یہ چاہتا تھا کہ مجھ کو آپ میں شوخی اور ظرافت کی جو روح نظر آئی ہے آپ اُس کا گلا گھونٹنے میں مصروف ہیں کاش آپ اس خونِ ناحق سے باز آجاتے۔ خیر چھوڑیئے اس ذکر کو آپ کسی اور کے لئے پان لائیے میں خود اپنے لئے پان بناتا ہوں۔

شوکت تھانوی

کرنل شفیق الرحمٰن کے نام

گڑھی شاہو - لاہور

شفیقِ مکرم!

آپ کا تصور پیدا کرنے کے لئے عجیب اجتماع ضدّین محدودِ تخیل کرنا پڑتا ہے۔ ادب اور فوج، تھرمامیٹر اور وردی، ذوقِ سلیم اور کورٹ مارشل، مزاحِ لطیف اور کوئک مارچ۔ اور مجھے کچھ ایسا محسوس ہوتا ہے کہ گویا ایک میز پر قلم ریوالور اور تھرمامیٹر تین مختلف چیزیں رکھی ہوئی ہیں ان تینوں کو اگر طبِ یونانی کے ماہروں کی اصطلاح میں "سائیدہ حل کردہ" کی کیفیات سے گزارا جائے تو یہ تینوں حل کر ایک شفیق الرحمٰن پیدا کر دینگی اور پھر میں اس شفیق الرحمٰن سے پوچھوں گا کہ —

تم اہلِ صفا - اہلِ رضا - اہلِ وفا ہو
سب کے لئے سب کچھ سہی میرے لئے کیا ہو

مجھے آپ سے ایک تعلقِ خاطر ضرور ہے مگر اسی کے ساتھ یہ بھی سن لیجیے کہ میرا دل نہ تو چھاؤنی ہے کہ اس میں آپ وردی پہنکر قواعد کرتے پھریں نہ یہ کوئی فوجی اسپتال ہے کہ اس میں جنابِ والا میرے ارمانوں کو رنگروٹ سمجھ کر ان کا بلڈ پریشر دیکھتے رہیں میرے دل میں صرف اُس شفیق الرحمٰن کی جگہ ہے جو اردو کا بڑا ہی پیارا صاحبِ طرز انشا پرداز ہے اور یہ بھی سن لیجیے کہ باوجود اس تعلقِ خاطر کے میں یہ کہنے کو تیار نہیں کہ ؎

قہر ہو یا بلا ہو جو کچھ ہو
کاشکے تم مرے لئے ہوتے

میں قہر یا بلا سب کچھ سمیٹنے کو ہرگز تیار نہیں مجھ کو شفیق الرحمٰن اور صرف اردو ادب میں نمایاں ہونے والا شفیق الرحمٰن درکار ہے ؎

وہ چیز جس کے لئے ہم کو ہو بہشت عزیز
سوائے بادۂ گلفام مشکبو کیا ہے

بادۂ گلفام مشکبو کی جگہ اگر ایٹم و نارم کی بدبو اور بارود کی بو بہشت میں ہو تو اس بہشت کے متعلق غالب کی طرح مجھ کو بھی کہنا پڑے گا کہ ؎

ہم کو معلوم ہے جنت کی حقیقت لیکن
دل کے خوش رکھنے کو غالب یہ خیال اچھا ہے

مجھے اس سے انکار نہیں کہ انسان اپنی ایک زندگی کے اندر کتنی ہی مختلف زندگیاں بسر کرتا ہے اور اس ایک ہی زندگی کے مختلف مرقعے ایک دوسرے سے اس قدر مختلف ہوتے ہیں کہ ان کے تمام رنگ روغن اور تمام خطوط اور نقوش میں ایک کا دوسرے سے کوئی تعلق نہیں ہوتا۔ مگر ان ہی مختلف مرقعوں میں سے ایک مرقع وہ بھی ہوتا ہے جسے وہ اپنا ذاتی اور نجی مرقع کہتا ہے آپ کا وہ نجی مرقع آپ کی ادبی حیثیت ہے جو نہ آپ کا عہدہ ہے نہ آپ کا روزگار اور مجھے اسی سے سروکار ہے میرے لئے آپ کے اسی مرقع نے آپ میں ایک کشش پیدا کی چنانچہ جب میں نے سب سے پہلے آپ سے راولپنڈی میں ملاقات کی اس وقت آپ میں جو یکرنگی اور ہم آہنگی اپنے لئے میں نے پائی اسکی وجہ صرف یہ تھی کہ آپ وردی میں نہ تھے۔ آپ سر جنوں والی کفنی پہنے ہوئے نہ تھے بلکہ ایک عام قسم کا سوٹ پہنے ایک ایسی محفلِ شعر و ادب میں تھے جہاں آپ پان بھی کھا رہے تھے۔ ہنس بھی رہے تھے۔ ہنسا بھی رہے تھے اور نہایت شگفتہ باتیں بھی کر رہے تھے۔ اگر خدانخواستہ میں نے آپ کو کرنیلی کی وردی میں دیکھا ہوتا تو بھی کہتا تو یہی کہ ؎

بہ ہر رنگے کہ خواہی جامہ می پوش
من اندازِ قدت را می شناسم

مگر اس شناسائی سے طبیعت خوش نہ ہوتی سب سے زیادہ خوشی تو مجھے اس

بات سے ہوئی کہ یہ ولایت سے باز آنے والا پان کھانے سے باز نہیں آیا۔ ہر چند کہ آپ کے پان کھانے میں ایک اناڑی پن تھا جو ہونا بھی چاہیئے تھا اس لئے کہ آپ پان ضروری نہیں غالباً تفریحاً ہی کھاتے ہیں مگر آپ کے اس پان کھانے کی سادگی میں بلا کی پرکاری تھی۔ اس اجتماع میں بہت سے "چیونگ گم" کھانے والے پسماندگانِ فرنگ بھی تھے مگر ان سب سے ایک مغائرت ہی رہی ہر چند کہ وہ محفل مغائرت کے لئے نہ تھی بلکہ اس اجتماعِ خصوصی کو محفل سے زیادہ حمام کہنے کو جی چاہتا ہے مگر اس بے تکلفی کے باوجود چونکہ ایک ہی رنگ میں سب لے اپنے کو نہ رنگا لہذا لاکھ بے پردگی کے باوجود بہت سے پردے پڑے رہے۔ غضب خدا کا وہ محفل جو مخصوص ہو رفیع احمد خاں مرحوم سے اظہارِ عقیدت کے لئے اس میں ایسے "ہیو ببیٹیں" کی قسم کے لوگ بھی موجود ہوں جن کا ایک ایک انداز یہ کہہ رہا ہو کہ ؎

کرتا ہے بسکہ باغ میں تو بے حجابیاں
آنے لگی ہے نکہتِ گل سے حیا مجھے

قصہ مختصر جی چاہتا تھا کہ اس حریم ناز سے آپ کو مناکر اور ان محرموں کو جو یہاں نامحرم بنے بیٹھے ہیں لیکر نکل جائیں۔ اس کے بعد جب کبھی اور جہاں کہیں آپ سے ملاقات ہوئی آپ سے مل کر وہی لطف آیا جو آپ کو پڑھ کر آتا ہے آپ کی ایک ہی زندگی میں خواہ کتنی ہی مختلف زندگیاں کیوں نہ ہوں مگر

آپ کی مجلسی گفتگو اور ادبی تحریروں میں عجیب یکرنگی ہے اور میرا مطالعہ یہ ہے کہ آپ کے یہاں جو دل میں ہے وہی زبان پر ہے اور جو زبان پر ہے وہی کاغذ پر بھی آتا ہے۔ آپ کی تحریروں کے خلوص کی وجہ صرف یہی ہے کہ آپ میں ادبی دیانت غیر ارادی طور پر موجود ہے اور یہی آپ کا سب سے قیمتی سرمایہ ہے۔

آیئے راولپنڈی کی اُن مجلسوں کی یاد میں ایک بزمِ تصور آراستہ کریں۔ آپ کو بٹھائیں۔ پان بنائیں اور رفیع احمد خاں کو یاد کریں۔

شوکت تھانوی

میجر منّان اللہ بیگ کے نام

گڑھی شاہو۔ لاہور

محبِ مکرم!

لکھنؤ میں ایک محلّہ ہے جس کا نام ہے ماموں بھانجے کی قبر چنانچہ اس محلّے میں دو قبریں برابر برابر بنی ہوئی ہیں اور کچھ پتہ نہیں چلتا کہ ان قبروں میں سے کونسی قبر ماموں ہے اور کونسی بھانجہ۔ لکھنوی ہونے کی رعایت سے آپ نے بھی راولپنڈی میں سکونت اختیار کی تو کہاں "ماموں جی روڈ" پہ ؏

پہنچی وہیں پہ خاک جہاں کا خمیر تھا

لکھنؤ والی ماموں بھانجے کی قبر کے متعلق روایت یہ مشہور ہے کہ یہ دونوں

ماموں بھانجے ایک دوسرے سے بہت دور تھے مگر فاصلہ قلبی تعلق کو دور نہ رکھ سکا اور ہر چند کہ ایک نے دوسرے کو کبھی دیکھا بھی نہ تھا مگر یہ ماموں بھانجے ایک دوسرے کے عاشق زار تھے چنانچہ دونوں کی وصیت یہ تھی کہ اگر زندگی میں کبھی ایک دوسرے سے نہ مل سکیں تو مرنے کے بعد ہی دونوں یکجا کر دیئے جائیں، چنانچہ یہی ہوا ؎

تنہا ہیوں نے امانت کی طرح پہنچا دی
ہماری خاک لحد غنی جہاں جہاں کے لئے

مگر آپ غالباً اس سڑک پر اتفاقاً ہی رہ پڑے ہیں اور خواہ مخواہ ہی بھانجے بنے ہوئے ہیں اور اب ضد یہ ہے کہ ؏

بیٹھے ہیں رہ گذر پہ ہم کوئی ہمیں اٹھائے کیوں

آپ کا بھی گھر بڑے بڑے تاریخی مہمانوں کی آماجگاہ رہ چکا ہے۔ مرزا غالب دل کے ہاتھوں مجبور ہو کر اپنی رفعتوں سے بہت اُترے تو زیادہ سے زیادہ ایک ستم پیشہ ڈومنی تک پہنچے تھے مگر اس گھر میں دلوں پہ جھاڑو پھرتے بھی دیکھی گئی ہے اور اس گرد و غبار سے بجائے گھبرانے کے آپ کے بڑے بڑے ادیب اور شاعر مہمانوں نے بڑے بڑے عبادت گذار دوستوں نے ادب کے بڑے بڑے ماہروں نے اور شعر کے بڑے بڑے قادروں نے بھی کہا ہے کہ ؎

خاکسارانِ جہاں را بحقارت منگر
تو چہ دانی کہ دریں گرد سوارے باشد

اور آخر کار یہی طے پایا تھا کہ نہ تو چاند پر خاک اچھالنے سے کچھ ہوتا ہے اور نہ خود چاند کے خاک اچھالنے سے، سوائے اس کے کچھ ہو سکتا ہے کہ چاند کی اچھالی ہوئی خاک کو بھی چاندنی کہہ کر قبول کر لیا جائے۔ بات در اصل یہ ہے کہ حسن کسی طبقے کی اجارہ داری ہیں نہیں آتا۔ چاند صرف ایوانوں ہی پر نہیں جھونپڑیوں پر بھی چمکتا ہے۔ جوانی صرف رانی پر نہیں مہترانی پر بھی آتی ہے ع

مہترانی ہو کہ رانی گنگنائے گی ضرور

چاند ستاروں کے ذکر پر ذہن نے یہ بات بھی سجھائی کہ ستاروں میں سے ایک ستارے کا نام "جھاڑو ستارہ" بھی ہے۔ کہکشاں کو "گردِ فلک" بھی کہتے ہیں اور قمر سے بدر بنتے بنتے چاند کی ایک صورت وہ بھی ہوتی ہے جب وہ ٹوکرا سا نظر آتا ہے۔ خیر ان رعایتوں کے ڈھونڈھنے کی ضرورت ہی کیا ہے اُن سے پوچھئے جو آپ کے گھر مہمان رہ چکے ہیں اور اس چاند پر اپنی حریص نگاہوں کی خاک اچھال چکے ہیں۔ میں نے خود ایک زاہد شب بیدار کو اس حسن سے خدا کی پناہ مانگتے ہوئے دیکھا ہے بار بار نگاہیں سینکتے اور پھر توبہ کرتے دیکھا ہے اور جوش کا یہ شعر تھوڑی سی ترمیم کے ساتھ مجھ کو آپ کے یہاں نظر آ چکا ہے کہ ؎

جھاڑو سی اُس کو دیکھ کے سینے پہ پھر گئی
اک شیخ کے تو ہاتھ سے تسبیح گر گئی

مگر یہ صرف ایک فصلِ گُل کا ذکر ہے دوسری مرتبہ نہ وہ بہار نظر آئی نہ ویسا کوئی پھول کھلا دریافت کیا تو معلوم ہوا کہ ع

خدا جانے کس کی نظر کھا گئی

اُس کی جگہ ایک سوکھی سہمی جلی جھلسی سی ایک چیز نظر آئی ع

داغِ فراقِ صحبت شب کی جلی ہوئی

ایک عجیب بیہودہ سی چیز دکھائی دی اور اس کو دیکھ کر کہنا پڑا کہ ع

چہ نسبت خاک را با عالم پاک

خیر آپ کو ایک عجیب قسم کی اداکاری سے نجات مل گئی۔ اللہ اکبر کس قدر لیے دیئے رہنا پڑتا تھا آپ کو۔ کیسا کیسا رعب چہرے پر پیدا کرنے تھے جس کو صرف ایک نگاہِ غلط انداز اُٹھ کر کہہ دیا کرتی تھی کہ یہ "رعب ہے"؟ "خاک رعب ہے"۔ اس خاک رعب کو "خاکروب" نہ پڑھ جائیے گا چھوڑیئے اس ذکر کو ممکن ہے کہ آپ کا دل کہہ رہا ہو کہ ع

کیوں یاد دلاتے ہو بھولا ہوا افسانہ

سنئے اور وہ پاندان اُٹھا لائیے جس سے کبھی کبھی آپ بھی پان اس طرح کھا لیتے ہیں جیسے کوئی خون لگا کر شہیدوں میں داخل ہو جائے کاش آپ اس

پاندان کی قدر کرسکتے جس میں آج بھی تمام لکھنوی تکلفات موجود نظر آتے ہیں سوائے اُس پان کے جو یہاں ملتا ہی نہیں۔ خیر برات تو ہے سب ہے دولہا کی سہی۔ آپ اسی پاندان سے ایک بنا کر کھا لیجیے میں اپنے پاندان کی طرف دستِ طلب بڑھاتا ہوں۔

شوکت تھانوی

میر عزّت حسین کے نام

گڑھی شاہو۔ لاہور

محبِ مکرم!

جو کوئی آپ سے نہیں ملا ہے وہ کیا سمجھ سکتا ہے کہ آپ کیا ہیں۔ میں تو آپ کے متعلق اکثر احباب سے کہا کرتا ہوں کہ ؎

پیدا کہاں ہیں ایسے پراگندہ طبع لوگ
افسوس تم کو میرؔ سے صحبت نہیں رہی

بلکہ یہ بھی واقعہ ہے کہ جو آپ سے مل چکے ہیں اُن میں سے بھی یہ بات ہر ایک کو نہ معلوم ہوگی کہ بقول غالب ہر آدمی بجائے خود محشرِ خیال ہو یا نہ ہو مگر آپ ضرور ہیں اور جو باتیں آپ کو سوجھتی رہتی ہیں کیا کسی کو سوجھ سکتی ہیں۔ غالب

کے اسی شعر کا دوسرا مصرعہ تو آپ کی اس بزم خصوصی پر من وعن صادق آتا ہے جس کے متعلق سوائے مقربین خاص کے کسی کو نہیں معلوم کہ اس حلقۂ خصوصی میں کیا ہوتا ہے البتہ اس خلوت کے انجمن ہونے کا سب کو علم ہے ؀

ہم انجمن سمجھتے ہیں خلوت ہی کیوں نہ ہو

اس حلقۂ خاص کے آشنائے راز صرف وہی ہیں جو حلقے میں شامل ہیں اور جو اس حلقے کے باہر ہیں وہ زیادہ سے زیادہ یہی کہہ کر رہ جاتے ہیں کہ

اک آفت زماں ہے یہ میرؔ عشق پیشہ

پردے میں سارے مطلب اپنے ادا کرے ہے

مگر ہم یہ تو جانتے ہیں کہ آپ کی جلوت بھی آپ کی اس خلوت سے کچھ کم معمہ نہیں ہے بلکہ آپ کی ساری زندگی اور زندگی کا ہر اسلوب کچھ عجیب پراسرار سا ہے عمر کا بیشتر حصہ کچھ اس انداز سے گذرا کہ خود ایک چلتی پھرتی انجمن بنے رہے مگر ذاتی طور پر بے خانماں سے

عشق کا گھر ہے میرؔ سے آباد

ایسے پھر خانماں خراب کہاں

دل کی بیماری ضرور ہوئی مگر اس بیماری کو پال کر کبھی نہ بیٹھے۔ اس بیماری کے لئے "علاج بالمثل" طبیعت کو موافق آیا "علاج بالضد" سے طبیعت نے میل نہ کھایا نہایت معصومیت کے ساتھ اپنے اس مشرب کے جواز کے قائل

رہے اور اس سادگی سے اس پہ کاری کو جاری رکھا کہ میر تقی میر کی روح بھی جھوم اٹھی ـــــ

میر کی حیاریاں معلوم لڑکوں کو نہیں
کرتے ہیں کیا کیا ادائیں اس کو سادا سا سمجھ

آخر کار آپ انسان ہی ہیں مقبول چوک ہو ہی جاتی ہے کچھ عمر کا تقاضا کچھ حالات کا مطالبہ تقسیم ملک کے بعد اپنے مشاغل کے ساتھ ساتھ یہ بھی دھڑکا لگا رہا کہ ـــــ

اس عہد کو نہ جانئے اگلا سا عہد میر
وہ دَور اب نہیں وہ زمیں آسماں نہیں

چنانچہ طے کیا کہ ہاتھی کے کھانے کے دانت تو خیر ہیں ہی دکھانے کے بھی ہو جانے تو اچھا تھا چنانچہ زندگی کا نہ جانے وہ کونسا گزر لمحہ تھا جو آپ کو شادی کر لینے پر رضامند کر گیا اور اب عالم یہ ہو گیا کہ ـــــ

دل اور عرش دونوں پہ گویا ہے ان کی سیر
کرتے ہیں باتیں میر جی کس مقام کی

مگر بہت ہی جلد اس دورنگی سے طبیعت اچاٹ ہو گئی اور کانوں پر ہاتھ جانے لگے۔ نیازمندانِ خاص سنتے تو اسی وقت کہہ دیا تھا کہ یہ توبہ وقتی ہے یہ استغفار موسمی ہے ـــــ

کہتے ہو کا پیتا ہوں جو بیہ عاشقی سے
تم بھی تو میر صاحب کتنے خلاف گو ہو

نتیجہ یہ کہ زندگی کی اس رد عمل سے کوئی سمجھوتہ نہ ہوسکا مزاج کی دل رفتگی نے اپنے ذوق سے بھی کنارہ نہ کرنے دیا اور طبیعت کی رواداری نے اس زبردستی کو بھی اپنائے رکھا جو اب گلے کا پھندا ثابت ہو رہی تھی۔ عمر بڑھتی گئی اعتبار فزوں ہوتا رہا اور صورتِ حال آخر یہ ہو گئی کہ ـــــ

ہے میر پیر لیک سوئے میکدہ مدام
جاتا ہے مغبچوں کی ارادت کے واسطے

یہ سلسلہ تو جاری رہتا ہی ہے۔ چورا گہ چوری سے جاتا بھی ہے تو ہیرا پھیری سے نہیں جاتا۔ مگر مجھ کو تو آپ کے اُس ذوقِ صحیح سے عقیدت ہے جو آپ پانوں کے سلسلے میں برتے کار لاتے رہتے ہیں۔ پان سے عشق کی یہ انتہا نہیں تو اور کیا ہے کہ پانی کی طرح پانوں کی فی سبیل اللہ ایک سبیل کھول رکھی ہے جس پر پان فروخت کم ہوتے ہیں پان کا صحیح ذوق رکھنے والوں کی سیرابی کا کام زیادہ دیتے ہیں۔ احسان فراموشی ہوگی اگر میں یہ عرض نہ کردوں کہ کبھی کبھی تو آپ ان حالات میں بخیب الطرفین پان کھلوا دیتے ہیں جب پان کا مزہ بھی تقریباً بھولی بسری بات بن کر رہ جاتا ہے۔ سوکھے دھانوں پانی پڑنے کا محاورہ تو پرانی بات ہے مگر آپ کے طفیل سوکھے لبوں پان پڑنے

کا محاورہ بھی عملی صورت اختیار کرتے دیکھ لیا۔ سو باتوں کی ایک بات یہ کہ آپ کے حلق سے پانی اترتا ہی نہیں سکتا جب تک کہ دوسرے تشنہ لبوں کو بھی آپ سیراب نہ کر دیں۔ آپ کی یہی ایک خوش اعمالی آپ کے نامۂ اعمال کی شب دیجور پر آفتاب بن کر چمکنے کے لئے کافی ہے اور دیکھ لیجئے گا کہ قیامت کے دن یہی پان جو آپ دوسروں کو کھلاتے ہیں آپ کی سرخروئی کا سبب بنیں گے۔

شوکت تھانوی

مولانا عبدالمجید سالک کے نام

گڑھی شاہو۔ لاہور

آقائی و مولائی

اگر "للّٰہی بغض" کوئی چیز ہے تو "للّٰہی حُب" کے وجود سے بھی انکار نہیں ہو سکتا ہم کو بعض افراد سے خواہ مخواہ کا تنفر سا ہوتا ہے خواہ اس نفرت کی کوئی وجہ ہو یا نہ ہو بس ان کی صورت دیکھی اور طبیعت میں اشتعال پیدا ہوا۔ اسی طرح بعض شخصیتیں ایسی ہوتی ہیں کہ ان کی طرف خواہ مخواہ دل کھنچتا ہے۔ میرے لئے آپ کی شخصیت کچھ اسی قسم کی ہے۔ اب سے چھبیس۔ ستائیس برس پہلے جب میں لکھنؤ کے روزنامہ ہمدم کا مدیر معاون اور پھر مدیر تھا ہمدم کے معاصرین میں سے صرف انقلاب ہی

ایک ایسا روزنامہ تھا جس کو میں نے اپنے لئے مشعلِ راہ سمجھا اور اگر سچ پوچھئے تو اس کا بہرہ "حوادث و افکار" ہی تھا جس نے مجھ سے مزاح لکھوایا۔ ہمدم کا مزاحیہ کالم "دو دو باتیں" میری مزاح نگاری کا گھٹنیوں چلنے والا بچپن تھا۔ اُسی زمانے میں مجھ کو لاہور آنے کی تمنا صرف اس لئے تھی کہ میں آپ سے ملوں چنانچہ لاہور پہنچتے ہی آپ سے ملا اور غائبانہ عقیدت نے گرویدگی کی صورت اختیار کر لی۔ یہ اُس زمانے کا ذکر ہے جب لاہور میں پان کھانے کو خالص "یوپیا پن" سمجھا جاتا تھا مگر اس زمانے میں بھی آپ کی شیروانی کی جیب سے پانوں کی ڈبیا طلوع ہوئی ؎

شفق نے پھول بکھیرے خزاں کی وادی میں
سحر نے دامنِ مشرق کو لالہ زار کیا

ایک چھوٹی سی چاندی کی ڈبیا میں دانہ دار تمبا کو دیکھ کر میں تو حیران رہ گیا کہ یہاں بھی اس سلیقہ اور اِس نفاست کے ساتھ پان کھانے والے موجود ہیں اور پھر مجھ کو یہ مسرت ہوئی کہ کھیلا تو تھا اندھا جوا مگر جیت اپنی ہی رہی، فرض کر لیجئے پان کے معاملے میں سالک صاحب بھی "یوپین" نہیں بلکہ "یوروپین" نکلتے تو میں کیا کر لیتا۔ مگر اس معاملہ میں بھی آپ کو اپنا ہم مشرب پا کر معلوم ہوا کہ منہ مانگی مراد مل گئی۔

مولانا آپ نے ملاحظہ فرمایا۔ پان کے لئے منہ مانگی مراد کس قدر برجستہ آیا

ہے۔ خیر یہ تو بہت پرانا قصہ میں چھیڑ بیٹھا۔ اب وہ دن کہاں۔ وہ دَور کہاں وہ زمانہ کہاں۔ ماضی کی یہ یاد کب تک ؏

گزر رہا ہے جو اُس کارواں کی بات کرو

آخرکار تقسیمِ ملک نے اُسی لاہور کو وطن بنا دیا جہاں ۱۹۲۸ء میں صرف ایک مرتبہ آنے کی تمنا تھی اور یہ بھی عجیب اتفاق کہ لاہور آکر مکان بھی آپ ہی کے محلّے میں ملا۔ اللہ جانے یہ آپ کی کشش تھی یا میری طلب کا خلوص۔ غالباً دونوں ہی کا اس میں ہاتھ تھا۔ بہرحال یہ قرب اور یہ اتصال عارضی اور وقتی سہی مگر تھا بہت غنیمت۔ پھر تو پاکستان بن جانے کے بعد محکمۂ بحالیات کے انتظامات نے یہ صورتِ حال پیدا کر دی کہ ؎

وحشتِ جنوں میں ہو گئی منزل بھی بے سراغ
قافلہ کس طرف گیا بانگِ درا کو کیا ہوا

مگر شکر ہے کہ صرف محلّہ ہی بدلا شہر نہیں بدلا اور تقویت کے لئے یہی غنیمت نظر آنے لگا کہ بہرحال آپ اسی شہر لاہور میں ہیں۔ حالانکہ فاصلے نے صورت یہ پیدا کر دی کہ ؎

میسّر جس سے آجاتی تھی ساقی کی قدم بوسی
مقدّر میں نہیں وہ لغزشِ مستانہ برسوں سے

یہ لغزشِ مستانہ ہی تو تھی کہ پنچولی اسٹوڈیو سے گھر چلے ہیں کہ آپ کی کوٹھی

کے سامنے پہنچکر قدم ڈگمگائے۔ سمت بدلی اور پہنچ گئے آپ کے پاس گھر
سے اسٹڈیو جاتے ہوئے آپ نظر آ گئے اور اسٹڈیو پہنچنا کچھ غیر ضروری سا
نظر آنے لگا۔ اب تو گڑھی شاہو سے مسلم ٹاؤن جانا ایک ایسا سفر معلوم ہوتا
ہے جسے انگریزی کا SUFFER کہنا چاہیئے۔ حالانکہ اب بھی کبھی کبھی بیساختہ
جی چاہتا ہے کہ آپ کی خدمت میں حاضری دی جائے اور آپ سے پوچھا جائے
کہ جس ناز و نعم سے آپ نے اپنے پان کھانے کے ذوق کو پروان چڑھایا تھا
وہ ذوق آجکل کس عالم میں ہے ، یہ "پٹ سن تزاد " پان آپ سے کیسے کھائے
جاتے ہوں گے اور انھیں کھا کر منہ میں رسّیاں بٹنے کا کارخانہ آپ سے کیسے
کھولا جاتا ہوگا۔ میں نے تو خیر پان ہی ترک کر دیا ہے۔ گٹکے پر گذر اوقات
ہو رہی ہے۔ اگر کبھی ویسی پان مل جاتا ہے تو اُسے چومتا ہوں۔ آنکھوں سے
لگاتا ہوں اور اس کی گلوری کھا کر اس طرح خوش ہوتا ہوں جس طرح عید بقر عید
پان کھا کر جولاہے خوش ہوا کرتے تھے۔ مگر جب یہ پان میسّر نہیں آتا تو بجائے
اُس نام نہاد پان کے جو ملتا ہے میں "تیمّم" کا قائل ہو جاتا ہوں اور اب اس
گٹکے کی عادت سی پڑ گئی ہے ؎

عادت سی ہے نشہ ہے نہ اب کیف
پانی نہ پیا شراب پی لی

تو کیا آپ اب تک پان کھا رہے ہیں۔ یعنی یہ کثیف پان؟ کاش آجکل

آپ حوادث و افکار لکھ رہے ہیں چھپتے اور اس نام نہاد پان کو اپنا موضوع بنا کر اس کی قلعی کھول دیتے۔ حوادث و افکار پر یاد آیا کہ خدا کرے حوادث و افکار کو ایک مجموعہ کی صورت میں پیش کرنے کی ضرورت کا آپ کو بھی احساس پیدا ہو چکا ہو۔ کام آسان نہیں ہے ایک انبار ہوگا جس میں سے انتخاب کرنا پڑے گا مگر یہ کام ہو جانا چاہیئے یہ ایک بڑا قیمتی ادبی سرمایہ ہے جسے بہر حال محفوظ کر لینا چاہیئے۔ آپ کے حوادث و افکار کی یاد میں گلگلے کی ایک تازہ خوراک بنا کر کھاتا ہوں۔ آپ بھی پان کے بجائے جو دھوکہ آجکل کھا رہے ہوں کھا لیجئے۔

شوکت تھانوی

ساغر نظامی کے نام

گڑھی شاہو۔ لاہور

صدیقی وحبیبی!

ہماری عمر نہیں بلکہ ہمارے مراسم کی عمر تیس سال سے زیادہ ہو چکی۔ زندگی تو بے حیا تھی ہی دوستی اُس سے بھی زیادہ بے حیا نکلی مگر اس کے باوجود آخری ملاقات جون ۱۹۵۶ء میں جب دہلی میں ہوئی ہے تو آپ فرما رہے تھے کہ لاحول ولاقوۃ ابھی ہم کہاں بوڑھے ہوئے اور یہ کہہ کر اُسی جوش و خروش کے ساتھ آپ نے اپنی سوٹ کیس نما ڈبیا سے پان کھایا تھا جس طرح لکھنؤ سٹی اسٹیشن پر گورکھپور جاتے ہوئے تلے اوپر تین چار گلوریاں کھا کر آپ نے میری مہمان نوازی کا حق بہ شکریہ ادا کیا تھا کہ اگر

آپ کا مہمان نہ بنتا تو یہ شگفتہ پان کیسے میسر آتے جن میں شام اودھ کی شفق پھولتی ہے۔ ان پانوں میں شام اودھ کی شفق پھولتی ہو یا نہ پھولتی ہو مگر میں پھولا نہ سمایا تھا۔ بہر حال ثابت یہ ہوا کہ جب تک آپ میں پان کھانے کی یہ اُمنگ باقی ہے آپ اپنے کو بوڑھا نہیں سمجھ سکتے مگر میں کیا کروں مجھے تو پان بھی میسر نہیں اگر آپ کے حصے میں بھی وہی پان آجائیں جو یہاں پان کہلاتے ہیں تو جوانی کا تو خیر ذکر ہی نہیں شاید آپ زندگی کے بھی قابل نہ رہیں۔

یہ پان وہ نہیں ہیں جن کے متعلق آپ یہ کہہ سکیں کہ ؎

پان اے عنوانِ رنگینِ لبِ لعلینِ یار
اے ذرا سے سبز پتے غازۂ روئے بہار

بلکہ ان پانوں کے متعلق شاید آپ کو دوسرے ہی اسلوب سے نظم کہنا پڑے کہ ؎

پان اگر تو پان ہے تو تجھ پہ لعنت بار بار
اے بڑے سے سبز پتے داغِ دامانِ بہار
لعلها یا مرچ کے کھیتوں میں تو پٹ سن نژاد
وہ تجھے کھائے جسے نانی بھی اپنی ہو نہ یاد
بہ جسامت یہ دبازت الحفیظ و الامان
اے مرے چھپر کے چھپر آہ میرے دھان پان"

سخت حیراں ہیں کہ ہم اوڑھیں بچھائیں کیا کریں
تو ہمیں کھائے گا یا ہم تجھ کو کھائیں کیا کریں

اس پان سے اُن پانوں کا تصور ہرگز نہ کیجیے جن کے تینتیس پانوں کا ایک بیڑہ شادی بیاہ کے موقعوں پر دولہا کو کھلایا جاتا تھا۔ اگر ان تینتیس پانوں کا بیڑہ دولہا کو کھلا دیا جائے تو دلہن کی مانگ شاید اسی وقت اُجڑ جائے۔ عرض تو کیا کہ آپ کے پان اور اس پان میں وہی فرق ہے جو آپ کے یہاں پان اور ڈھاک کے پتوں میں نظر آتا ہے۔ آپ پان کھانے کے بعد اُگالدان کی ضرورت محسوس کرتے ہیں اور ہم صرف اس پان کو دیکھ کر اُگالدان میں پناہ لینا چاہتے ہیں۔ نتیجہ یہ کہ میں نے اس پان کو دور ہی سے سات سلام کیے مجبوری کا نام صبر رکھ کر خشک گنگے پر قناعت کی اگر کبھی وہ پان مل جاتا ہے جو اس بٹوارے میں آپ کو مل چکا ہے تو ایسی خوشی ہوتی ہے جیسے متروکہ جائداد مل گئی۔ اور اگر نہیں ملتا تو اپنا گنگا سلامت ہے۔ اگر آپ کو یقین نہ آتا ہو تو تشریف لائیے ہم آپ کی ان ہی پانوں سے تواضع کریں گے اور آپ انشاء اللہ اپنی ہی نظم کچھ اس طرح گڑبڑا کر پڑھیں گے کہ یہ بدحواسی بھی یادگار بن جائے۔ یہ پان کھا کر آپ یہ تصور نہیں کھینچ سکتے کہ ـــ

زلفِ رُخ پہ پان کی مسّی لبِ کافر پہ ہے
اک گھٹا کوثر پہ ہے اک ساحلِ کوثر پہ ہے

بلکہ یہ پان کھانے کے بعد آپ کو یقیناً یہی کہنا پڑے گا کہ ؎

زلف منہ میں پان کی مستی دلِ مضطر میں ہے
یا الٰہی کھا گئے کیا عقل تک چکر میں ہے

تماشہ یہ ہے کہ یہاں پان نہیں مگر پان کھانے والوں کی کثرت ہے پنواڑیوں کی دوکانیں بے شمار ہیں۔ طرح طرح کے قوام بن رہے ہیں جن میں پسے ہوئے کوئلے کے قوام سے لیکر سچ مچ کے قوام تک سب ہی شامل ہیں صوفی غلام مصطفےٰ تبسم سے لیکر اقبال صفی پوری تک سب ہی قوام بنانے میں مصروف نظر آتے ہیں۔ کوئی پوچھے ان سے کہ جب پان نہیں تو یہ قوام کیوں اور کس کے لئے ؎

پینہ نہیں کہیں ان کا اور ان کے دیوانے
تصورات کی محفل سجائے جاتے ہیں

اگر سچ پوچھیئے تو یہ سب پان کا غم غلط کرنے کے مشاغل ہیں اور ایک آپ ہیں کہ ولایت تک اپنا کلام سنانے جاتے ہیں تو پانوں کی کمی وہاں بھی محسوس نہیں ہوتی ان حالات میں آپ بھلا کیونکر بوڑھے ہو سکتے ہیں رہ گئے دوسرے غم وہ آپ جانتے نہیں۔ اُردو اگر ختم ہو رہی ہے تو آپ کی جوتی کی نوک سے آپ شاعر کی جگہ اپنے کو "کوئی" کہنے لگیں گے ساغر کی جگہ اپنے کو "نہر" تسلیم کر لیں گے۔ غزل کی مانگ نہ رہی تو گیت سہی نظمیں نہ سہی دوہے سہی بہرحال آپ میں اسکی پوری صلاحیت ہے کہ آپ اپنے کو بدلتے ہوئے حالات کے

سانچے میں ڈھال لیں اور آپ سے یہ ناممکن ہے کہ ان حالات سے گھبرا کر اپنا ٹھکانہ کہیں اور ڈھونڈھیں۔ مگر کیا آپ نے یہ بھی سوچا ہے کہ آپ کی یہ تمام وفاداریاں ہمیشہ مشکوک نگاہوں سے دیکھی جائیں گی آپ خلوص سے بھرپور کلیجہ ہتھیلی پر لئے پھریں گے اور سمجھا یہی جائے گا کہ اس میں بھی کوئی کھوٹ نہ ہو۔ بہر حال نگہِ اعتبار میں جگہ پانے کے لئے آپ کو عجیب امتحانوں سے گذرنا پڑے گا اور ہر قدم پر یہی گنگنانا پڑے گا کہ ؎

روحِ بلبل نے خزاں بن کے اُجاڑا گلشن
پھول کہتے رہے ہم پھول ہیں صیاد نہیں

مگر میں جانتا ہوں کہ اس عالم میں بھی آپ سب بھرمِ وفا کا بھرم ڈھونڈھنے سے کبھی نہ تھکیں گے خدا آپ کو استقامت دے۔

شوکت تھانوی

اقبال صفی پوری کے نام

گڑھی شاہو۔ لاہور

عزیزی و حبیبی!

ابھی ایک صاحب تشریف لائے تھے اور تحفہ کے طور پر قوام کی ایک شیشی لائے تھے۔ اپنے سامنے ہی مجھ کو یہ بیہودہ قوام زبردستی کھلایا ع

زہر دے اس پہ یہ تاکید کہ پینا ہوگا

جب میرا منہ جھنجھنا گیا۔ طبیعت لوٹ پوٹ ہوگئی۔ اور ابکائیاں ضبط کرتے کرتے میں شل ہوگیا تو میں نے اُن سے کہا کہ "یہ کیا کہنا ہے صاحب سبحان اللہ۔ زندگی میں پہلی مرتبہ ایسا قوام کھایا ہے" وہ حضرت میری اس

واد کو سند سمجھ کر تشریف لے گئے تو میں نے اپنے منہ کو اسی طرح صاف کیا جس طرح طاعونی چوہا نکلنے کے بعد محکمہ حفظانِ صحت سے گھر کی صفائی کرائی جاتی ہے۔ نمک اور گرم پانی سے مسلسل کلیاں کیں۔ جی تو چاہتا تھا کہ ہائیڈروجن پر وکسائیڈ سے غرغرہ کر دوں مگر جب وہ نہ ملی تو اسی نمکین پانی سے غرغرے کرتا رہا اور بمشکل تمام اس نامعقول قوام کی چکنائی صاف ہوسکی۔ آپ چکنائی پہ چونکیے نہیں وہ واقعی مرہم کی طرح چکنا قوام تھا جس میں چکنے ہوئے تیل کی بدبو بھی تھی اور مجھے یقین ہے کہ اس قوام کے اجزائے ترکیبی میں موبل آئل کی کیٹ ضرور ہوگی معلوم ہوتا ہے کہ ان حضرت نے اس قوام کو زیادہ سے زیادہ معطر بنانے کے لیے کافی مقدار میں عطر ڈالا ہے اور چونکہ آجکل خود عطر میں کافی مقدار تیل کی ہوتی ہے لہذا یہ قوام اچھی خاصی گریس بن کر رہ گیا اب میں نے یہ قوام کی شیشی ملازم کو دے دی ہے کہ اسے سائیکل کی چین پر لگا دے۔

اس بیہودہ قوام کے استعمال کے بعد آپ کا یاد آنا ضروری تھا اس کا مطلب یہ نہیں ہے کہ آپ بے کیفیوں میں یاد آتے ہیں۔ وہ بے کیفیاں ہوں یا عالم کیف آپ تو یاد آتے ہی رہتے ہیں ؎

کسی کی یاد کا عالم ارے معاذ اللہ
ہر ایک سانس پہ لو دے اٹھی ہے تنہائی

مگر اس موقع پر آپ خصوصیت سے اس لئے یاد آئے کہ قوام کے معاملے میں

احساس کو نازک بنانے میں آپ کا بڑا ہاتھ ہے نہ آپ قوام بناتے۔ نہ اس ہی اپنی نفاست طبع اور اپنے مزاج کے توازن سے کام لیتے نہ میرا احساس اتنا نازک ہوتا میں آپ کے متعلق اکثر غور کیا کرتا ہوں کہ آپ اتنا اچھا قوام بنا لینے کے بعد آخر ملازمت کیوں کرتے پھرتے ہیں محمد عمر محمد صدیق کیوں نہیں بن جاتے جہاں تک تجارتی سوجھ بوجھ کا تعلق ہے اس کی بھی خدا کے فضل سے کوئی کمی نہیں۔ محنت بھی آپ کر لیتے ہیں۔ رہ گیا اشتہار وہ خود آپ کا قوام ہے جس نے ایک مرتبہ بھی یہ قوام کھایا ہے ہزار مرتبہ دوسروں سے اس کی تعریف کی ہے۔ مثلاً خود میرا یہ عالم ہے کہ جب کبھی کسی نئے قوام کا کہیں ذکر چھڑ جاتا ہے یا کسی نئے قوام کو چکھنے کی نوبت آتی ہے میں غیر ارادی طور پر اس کا آپ کے قوام سے موازنہ کرتا ہوں ؎

لبوں پہ ساغر و صہبا کی بات جب آئی
نگاہِ مست نے بھر دی شراب چھلکائی

وجہ یہ ہے کہ میں نے اس قوام سے بہتر اب تک کوئی قوام نہیں کھایا ہے۔ ممکن ہے اس سے بہتر قوام بھی ہوتے ہوں مگر میرے مزاج نے اسی کو قبول کیا ہے۔ میں دراصل اس کے توازن اور اعتدال کا قائل ہوں اور میرا خیال ہے کہ اس قوام کو بنانے میں بھی آپ اپنے شاعرانہ توازن سے کام لیتے ہیں کہ مشک اور زعفران میں شتر گربہ کی کیفیت پیدا نہ ہو۔ پیپرمنٹ بحر سے خارج نہ ہو جائے

پانڈی کی "ی" دبنے نہ پائے۔ الائچی کا الیف گرنہ جائے۔ اور اس کو کھانے والا امتلائے خفی یا امتلائے جلی میں مبتلا نہ ہونے پائے۔ مختصر یہ کہ آپ کو قوام بنانے کا صرف نسخہ نہیں بلکہ ایک سلیقہ بھی حاصل ہے جس سے آپ کوئی فائدہ نہیں اٹھاتے۔ قدرتی طور پر آپ کی صرف دو حیثیتیں ہیں شعر ساز اور قوام ساز۔ مگر تیسری حیثیت یعنی ملازمت وغیرہ آپ کی زبردستی ہے۔ بس قوام بنائیے اور غزلیں کہیے۔ سجادہ نشین آپ خاندانی طور پر ہیں ہی کیوں نہ کراچی یا لاہور میں محمد عمر محمد صدیق کے سجادہ نشین بن کر بیٹھ رہیے ؎

نہ رہی دشت میں خالی کوئی جا میرے بعد
قیس سجادہ نشیں آ کے ہوا میرے بعد

مگر ایک خدشہ ضرور ہے کہ قوام ہو یا کسی اور قسم کا خوردنی تمباکو۔ آخر ہے تو یہ پان ہی کا زیور۔ اور جب یہاں پان ہی ایک سرے سے عنقا ہے تو اس زیور کی کہاں کھپت ہو گی۔ اس میں شک نہیں کہ لوگ وہ نام نہاد پان کھانے لگے ہیں جو نہ در اصل پان ہے نہ اشرف المخلوقات کے کھانے کی کوئی چیز۔ اس کے ساتھ لا کر قوام کھائیے۔ الائچیاں چبا لیجیے۔ نقرئی اور طلائی گولیاں اس میں ملا لیجیے مگر معلوم یہی ہوتا ہے کہ ٹاٹ کے ایک ٹکڑے پر کتھا چونا لگا کر اور یہ تمام اجزا ملا کر کھا لیے ہیں آپ کو کھتر سکے وہ کھا رتو یاد ہو ل گے جو منہ سے سنتلی بنا کرتے تھے۔ میں نے جب کبھی یہ پان کھا لیا ہے اپنے اوپر اسی قسم کی

کہار ہونے کا شبہ ہوتا ہے۔ صاحب یہ پان ہرگز نہیں ہے جوٹ اور پٹ سن کے خاندان کی کوئی چیز ہے۔ خدا اس سے محفوظ ہی رکھے تو اچھا ہے۔ اس پان کے رواج پانے کی طرف سے بھی مایوس ہوں۔ البتہ آپ کے قوام سے اپنے گلے کو باغ و بہار بنا تا رہتا ہوں۔ مگر یہ گٹکا یہاں کتنے لوگ کھاتے ہیں۔ ان حالات میں آپ کو یہ مشورہ بھی نہیں دے سکتا کہ آپ قوام ہی کو ذریعۂ معاش بنا کر بیٹھ رہیں۔ جب پان کا یہاں کوئی مستقبل نہیں ہے تو قوام کا کیا ہو سکتا ہے بہرحال چند اہلِ ذوق کے لیے سہی آپ قوام بناتے ضرور رہیں۔ یہ اہل ذوق بھی چند دن کے بعد آپ کو نہ ملیں گے ؂

کہاں سے لائے گا ساقی کوئی یہ ذوقِ سلیم
ہمارے بعد درِ میکدہ نہ باز رہے

شوکت تھانوی

پروفیسر مسعود حسن ادیب کے نام

گڑھی شاہو۔ لاہور

سیّدی!

آپ کے متعلق دنیائے ادب میں ایک عام چرچا یہ ہے کہ ادبِ اُردو کا جتنا بڑا دفینہ آپ کے پاس موجود اور محفوظ ہے اگر وہ سب کا سب دولتِ بیدار بن جائے تو نہ جانے کتنے ایسے چشمہ ہائے فیض پھوٹ نکلیں جو اُردو کو تہی دامانی کے طعنوں سے بچا لیں اور تشنہ کامانِ ادب کو اس حد تک سیراب کر دیں کہ وہ ایک تازہ عزم کے ساتھ زبان اور ادب کے لئے نئی راہیں نکالنے کے قائل ہو جائیں۔ آپ کے متعلق اس شہرت میں کچھ تو واقعہ ہے اور کچھ تہمت مگر آپ کی بے فیضی نے ہر تہمت کو بھی واقعہ

بنا رکھا ہے اس لئے کہ جو سرمایہ آپ کے پاس موجود ہے چونکہ وہی کسی کو نہیں ملتا لہذا جو کچھ اور کبھی نہیں ملتا اس کے متعلق بھی یہی کہہ دیا جاتا ہے کہ یہ بھی پروفیسر مسعود حسن کے کتب خانے میں نہیں بلکہ نہاں خانے میں موجود ہے۔ اس میں شک نہیں کہ آپ کی زندگی بھر کا سرمایہ یہی خرمن ہے اور آپ بجا طور پر کہہ سکتے ہیں کہ ۔

ہم نے محفوظ کیا حسنِ بہار
عطرِ گُل صرفِ خزاں تھا پہلے

مگر اب اس مدفون خزانے کو دولتِ بیدار بنا کر یہ بھی تو کہیئے کہ ۔

ہم نے روشن کیا معمورۂ غم ورنہ ہر سمت دھواں تھا پہلے
ہم نے آباد کیا ملکِ سخن کیسا سنسان سماں تھا پہلے

مگر سُنا ہے کہ آپ اپنی اس دولت سے اُس ادب کو بھی مالا مال کرنا نہیں چاہتے جس کی دراصل یہ امانت ہے ادب اردو کے مختلف اصناف سے متعلق ایسے ایسے نادر اور نایاب نسخے آپ کے پاس موجود ہیں کہ اگر آپ اپنے بخل سے کام نہ لیں تو تحقیق و تفتیش کرنے والوں کو بہت سی گم شدہ کڑیاں مل سکتی ہیں اور آپ کا یہ فیض آپ کو زندہ جاوید بنا سکتا ہے۔ مگر معلوم نہیں کیوں آپ اسی میں اپنی انفرادیت کا تحفظ سمجھتے ہیں کہ تاریخ میں آپ کا ذکر اس قسم کے الفاظ میں آئے کہ ادب اُردو کے سب سے گراں مایہ دفینے کے

تکیہ دار پروفیسر مسعود حسن گذرے ہیں جنھوں نے اُس وقت بھی اس دفینے پر آنچ نہ آنے دی جب خود ادبِ اُردو پر آنچ آرہی تھی اور اپنی خاص نگرانی میں بحفاظتِ تمام اس دفینے کو خاک میں ملادیا اس دفینے کی حیثیت اس چراغ کی تھی جو ؎

نہ روشن کرسکا گھر کو نہ محفل ہی کے کام آیا

اور فرض کرلیجئے کہ ادب اُردو کی محرومیوں کے معاوضے میں آپ کی یہ انفرادیت قائم بھی رہی تو کس کام کی ؎

نہ جانے کتنی شمعیں گل ہوئیں کتنے بجھے تارے
تب اک خورشید اتراتا ہوا بالائے بام آیا

سوال یہ ہے کہ اگر آپ کا ادبی ذخیرہ دُنیا کے کام نہیں آسکتا تو اس کی کیا قیمت ہے ؎

اُن سے اب تذکرہ دولتِ کونین ہے کیوں
جن غریبوں کو ترا گوشۂ داماں نہ ملا

کل ہی کی بات ہے اُردو ادب میں فنِ تمثیل کا مسئلہ زیرِ بحث تھا۔ اودھ کے واجد علی شاہی دور میں اندرسبھا کا اسٹیج ہونا طے ہے مگر وہ کس طرح اسٹیج ہوا۔ میک اپ کے کیا انتظامات تھے۔ روشنی کا کیا اہتمام تھا۔ پردے کے باہر کیا تھا۔ پردے کے پیچھے کیا تھا۔ ہدایت کاری کی نوعیت

کیا تھی۔ کہنے والے کہتے ہیں کہ ان تمام تفصیلات کا آپ سے علم ہو سکتا ہے اس لئے کہ آپ کے پاس اندرسبھا کی وہ پروڈیوسر کاپی تک موجود ہے جس پر خود واجد علی شاہ کے قلم سے ہدایات رقم ہیں۔ اب اللہ جانے یہ واقعہ ہے یا نہیں اگر یہ واقعہ ہے تو کس قدر افسوس کی بات ہے کہ ادب کے مورخ کو فنِ تمثیل کا باب لکھتے ہوئے یہ گمشدہ کڑی کہیں سے نہ مل سکے گی اور اگر یہ واقعہ نہیں تو بھی اس کی ذمہ داری آپ ہی پر ہے اس لئے کہ آپ کے پاس کیا کچھ چھپا ہوا ہے اس کا کسی کو علم نہیں اور اب صورت یہ ہو گئی ہے کہ جو کچھ کسی کو دستیاب نہیں ہوتا اس کے متعلق یہی کہہ دیا جاتا ہے کہ ہو نہ ہو مسعود صاحب کے پاس یہ چیز ہو گی۔

ان حالات میں ضرورت اس کی ہے کہ آپ ان نوادر کو اب سامنے لائیں اور چشمہ فیض بن کر تشنہ کامانِ ادب کو سیراب کریں تاکہ ادب اردو کے محسنوں کے سرِ فہرست آپ کا نام بھی نظر آئے۔ آپ نے اس خرمن کو اردو سے عشق ہی کے ماتحت تو جمع کیا ہے اور اس کو جمع کرنے میں کیا کیا پاپڑ بیلے ہیں اس کا اندازہ بھی ہر ایک کر سکتا ہے مگر اب اس عشق کا یہ حق بھی ادا کیجئے کہ یہ قیمتی سرمایہ یوں مفلوج نہ پڑا رہے بلکہ آپ کے نہاں خانے سے نکل کر ادب اردو کو مالا مال کر دے۔ اس سلسلے میں آخر یہ طریقہ کار کب تک کہ ـــ

دیکھنا قسمت کہ آپ اپنے پہ رشک آجائے ہے
میں اسے دیکھوں بھلا کب مجھ سے دیکھا جائے ہے

اردو آپ سے اب بھی ایثار چاہتی ہے کہ اس کو بے مائگی اور تہی دامانی کے طعنوں سے بچالیں اور اس تحمل سے کام نہ لیں جس سے اب تک اپنے کتب خانے کے سلسلہ میں آپ نے کام لیا ہے۔

شوکت تھانوی

حاجی محمد مصطفےٰ خاں کے نام

گڑھی شاہو۔ لاہور

صدیقِ مکرم

وائے قسمت کہ انھیں ڈھونڈھ رہا ہوں دن رات
اور وہ پاس ہیں اتنا بھی مجھے ہوش نہیں

مگر آپ کا یہ قرب ہزار فاصلوں کا ایک فاصلہ ہے۔ آپ ذاتی طور پر بیشک اُسی پاکستان میں موجود ہیں جس میں میں خود بھی ہوں مگر صفاتی طور پر آپ اب بھی اُسی ہندوستان میں ہیں جہاں آپ کا اصغر علی محمد علی والا کارخانہ عطر ہے۔ آپ کے متعلق جب یہ معلوم ہوا کہ آپ پاکستانی بن گئے ہیں تو دل نے بیساختہ الحمد للہ کا نعرہ بلند کیا تھا کہ اب پاکستان کی بساط پہ بھی آپ عطر فشانی کرینگے

عطر سازی کا یہ مشہور کارخانہ پاکستان میں بھی کھل جائے گا۔ خیر عطر تو پھولوں میں تُلنے والوں کو مبارک ہو مگر مجھ کو یہ اُمید تھی کہ اب آپ آ گئے ہیں تو آپ کے کارخانے کا قوام اور تمباکو تو مل ہی جایا کرے گا۔ مگر جب یہ معلوم ہوا کہ آپ اس ارادے سے تشریف نہیں لائے ہیں بلکہ صرف گوشہ نشینی کی زندگی بسر کرنے کا ارادہ ہے۔ کارخانہ بدستور ہندوستان ہی میں رہے گا جس سے آپ کا کوئی تعلق نہ ہوگا تو یہ سمجھ لیجئے کہ ؎

بس خون ٹپک پڑا نگہِ انتظار سے

بلکہ اس موقع پر آپ ہی کا شعر آپ کو سنانے کو جی چاہتا ہے کہ ؎

نہ کسی کام کا یہ ہے نہ کسی مصرف کا
دل میں گر عشق نہیں درد نہیں جوش نہیں

اصغر علی محمد علی کے کارخانہ کا مالک پاکستانی بن جائے اور اس کا کارخانہ پاکستانی نہ بنے اس سے بڑی ٹریجڈی اور کیا ہو سکتی ہے۔ میں عطر سے بحث نہیں کرتا۔ نہ عطر میرا موضوع نہ عطر کا میں قدر دان مگر آپ نے پاکستان میں تمباکو سازی کا اہتمام نہ کر کے بڑا ظلم کیا ہے۔ آپ کو کیا معلوم کہ صحیح قسم کا تمباکو کھانے کے لئے اہلِ ذوق کیسا کیسا ترس رہے ہیں۔ حد یہ ہے کہ اگر کبھی دھرم پال پریم چند تک کے کارخانہ کا تمباکو میسر آ جاتا ہے تو اُسے آنکھوں سے لگاتے ہیں، تبرک سمجھ کر کھاتے ہیں ؎

کرنا پڑتا ہے اک بتِ کافر پہ اعتبار
تنہا تو ایک مردِ مسلماں کیا کرے

آپ یہاں تشریف لا کر کارخانہ عطر اصغر علی محمد علی کے مالک نہیں بنے ہیں بلکہ کراچی میں اپنی کوٹھیوں کے مالک بن کر بیٹھ رہے ہیں۔ لینڈ لارڈ ہو کر رہ گئے بے محل نہ ہوگا اگر اس لینڈ لارڈ کے سلسلے کا ایک لطیفہ پیش کر دیا جائے دلی کی ایک دوکان پر سائن بورڈ نظر آیا "لارڈ جسونت سنگھ اینڈ کمپنی" دوکان کے مالک سردار جی سے پوچھا کہ اس "لارڈ" سے کیا مراد ہے وہ نہایت سادگی سے بولے کہ دراصل میں تقسیم ملک سے پہلے پنجاب میں لینڈ لارڈ تھا اب لینڈ تو اُسی طرف رہ گیا۔ صرف لارڈ رہ گیا ہے وہ ہی سائن بورڈ پر لکھ دیا ہے۔ یہ تو خیر لطیفہ تھا مگر یہ المیہ بھی یاد رہے گا کہ آپ یہاں موجود ہیں اور کارخانہ وہاں موجود ہے جہاں آپ نہیں۔ ایک عجیب بات یہ ہے کہ ہندوستان سے پاکستان آنے والوں نے عام طور پر یہی کیا ہے بڑے بڑے صنّاع اور فنکار آنے کو تو اِدھر آ گئے مگر یہاں پہنچ کر بجائے اس کے کہ اپنے فن کو از سرِ نو زندہ کرتے کچھ کے کچھ بن بیٹھے۔ مثلاً زردوزی کے فن کار یہاں اسٹیشنری کی دوکان الاٹ کرا بیٹھے۔ کارچوب بنانے والے برف کا کارخانہ لے بیٹھے۔ عطّار چھاپہ خانہ سنبھال بیٹھے۔ نتیجہ یہ کہ بیک وقت دو فنون کو نقصان پہنچا ایک وہ فن جس کے وہ ماہر تھے اور جس کو ترک کر دیا دوسرا وہ

فن حسن سے وہ ناآشنائے محض ہیں مگر دخل در معقولات کر رہے ہیں ان کو یہ بھی اندازہ نہیں کہ ؂

ہر کسے را بہر کارے ساختند

بلکہ وہ تو یہ سمجھتے ہیں کہ ؂

طریقت پہ ہیں ہم شریعت پہ واعظ
تفاوت ہی کیا اس گلی اُس گلی ہیں

میں آپ کے متعلق یہ تو نہیں کہہ سکتا کہ آپ نے اپنے فن کے بجائے کسی اور فن پر قبضہ کر لیا ہے مگر یہ ضرور کہونگا کہ اپنے اُس فن سے جسے آپ نے عروج پہ پہنچایا تھا پاکستان کو فائدہ اٹھانے کا کوئی موقع نہ دیا۔ پاکستان میں لیونڈر لارڈ ویس کی کمی نہیں البتہ کارخانہ عطر اصغر علی محمد علی کے مالک اصطفا خاں کی کمی ضرور ہے حد یہ ہے کہ اصطفا خاں موجود ہیں پھر بھی یہ کمی ہے۔ آپ کہیں گے کہ پاکستان میں وہ قنوج کے پھول کہاں سے لاؤں۔ وہ نیپالی کا مشک کہاں سے پاؤں وہ زعفران کہاں سے حاصل کروں مگر آپ اس طرف متوجہ ہوتے تو سب نہ سہی کچھ نہ کچھ تو حل ہی جاتا۔ عطر سازی کا سامان نہ سہی تمباکو سازی کا اہتمام سہی بہر حال کچھ تو کیا ہوتا مگر آپ نے تو در اصل ایک ریٹائرڈ قسم کی زندگی بسر کرنا شروع کر دی۔ آپ کی زندگی کے تین محبوب مشاغل تھے۔ اسکیٹنگ، عطر سازی حصول سعادت حج بیت اللہ۔ اسکیٹنگ عمر کے نذر ہو گئی۔ عطر سازی تقسیم

ملک کے ساتھ آپ کے حصّہ میں نہ رہی رہ گئی سعادتِ حج وہ آپ کو حاصل ہوتی ہی رہتی ہے مگر ہم تشنہ کاموں کی سیرابی بھی آپ کا فرض ہونا چاہیئے ہماری دلدہی بھی کچھ کم کارِ ثواب نہ تھی ؏

دل بدست آور کہ حج اکبر است

نتیجہ یہ کہ آپ یہاں موجود ہیں اور ہم تمباکو کے نام سے نہ جانے کیا کھائے ہیں۔

شوکت تھانوی

ایلین سلونوی کے نام

گڑھی شاہو ۔ لاہور

رفیقِ مکرم!

اصطفا خاں صاحب سے مخاطب تھا مگر کن انکھیوں سے آپ کی طرف دیکھ رہا تھا۔ اس کا مطلب یہ نہیں ہے کہ آپ مجھ کو براہِ راست یاد ہی نہیں آتے مگر اصطفا خاں صاحب کو مکتوب تحریر کرتے ہوئے ذہن اس دور کی طرف منتقل ہو گیا جب وہ ایک ادبی رسالہ ترچھی نظر کے نام سے نکالا کرتے تھے اور مولوی برکات احمد صاحب غالباً ان بزرگ کا نام نامی تھا جو اس بانکے ترچھے رسالے کی ادارت فرماتے تھے۔ مجھے ہمیشہ اس رسالے کے نام پہ ہنسی آیا کرتی تھی کہ نظر تو نظر مگر یہ ترچھی نظر کیا بلا ہے اور اگر یہ ترچھی نظر

کسی ادبی رسالے کا نام ہو سکتا ہے تو چھپن چھری بھی کیا برا ہے۔ مگر بعد میں پتہ چلا کہ اصطفا خاں صاحب کو تاریخ نکالنے کا شوق ٹھہرا لہٰذا رسالہ جو نکالا تو اس کا نام بھی تاریخی رکھا اور پوری تاریخ نکلتی تھی "نرچھی نظر بلندشہر لکھنؤ" سے۔ اصطفا خاں صاحب تو عالم یہ تھا کہ ان کے سامنے جاتے ہوئے ڈر لگتا تھا کہ کہیں یہ نہ کہہ دیں کہ "نکالوں تیری تاریخ" حد یہ ہے کہ خود اپنی وفات حسرت آیات کی کئی تاریخیں نکال چکے تھے مثلاً ایک تاریخ یاد رہ گئی ہے ؎

آج اصطفا جہاں سے سدھارے سوئے جناں
شکر خدا یہ قطرہ سمندر سے جا ملا

دوسرے مصرعے سے ۱۹۵۳ء نکلتے ہیں پھر دوسرا مصرعہ بدل کر یہ تاریخ بھی نکالی تھی ؎

آج اصطفا جہاں سے سدھارے سوئے جناں
قطرہ خدا کا شکر سمندر سے جا ملا

اب دوسرے مصرعہ سے ۱۹۵۹ء نکلتے ہیں۔ خدا اس دوسری تاریخ کو بھی اسی طرح غلط ثابت کرے جس طرح ۱۹۵۳ والی تاریخ غلط ثابت ہوئی ہے۔ ذکر تھا نرچھی نظر کا تاریخ نکالنے کے شوق میں رسالے کا یہ نام رکھا گیا تھا مطلب یہ تھا کہ تاریخ نکل آئے خواہ ایک ادبی رسالہ نرچھی نظر ہی کیوں نہ

کہلائے۔ مگر ایک مرتبہ جو رسالہ آیا تو اس کا بانکا ترچھا پن نکل چکا تھا اور اب اس کا نام صرف "نظر" تھا۔ اور ادارت میں آپ کا نامِ نامی اسمِ گرامی اس انقلاب پر طبیعت خوش ہو گئی اور دل نے گواہی دی کہ یہ امین سلونوی کوئی نہایت معقول قسم کے آدمی نظر آتے ہیں جن کے ذوقِ سلیم نے یہ گوارا نہ کیا کہ ان کے ادارت میں نکلنے والے رسالے کا نام ترچھی نظر ہو۔ اس کے کچھ ہی دن بعد آپ سے نیاز حاصل ہو گیا۔ غازی انور بے کی قسم کی مائل بہ پرواز مونچھیں پھڑکتے ہوئے نتھنے اور بڑی پچھے دار باتیں۔ آنکھوں میں ذکاوت اور ذہانت کی چمک اور ان سب سے بڑھ کر یہ کہ جیب میں چھالیہ کا بٹوہ اور چنوٹی۔ میں نے سب سے پہلے پان کا یہ نعم البدل آپ ہی کے بٹوے سے چکھا تھا حالانکہ آج تک یہ سمجھ میں نہ آسکا کہ اس کو گوٹا کہوں گٹکا کہوں یا حلوہ کہوں۔ اس لئے کہ آپ کے بٹوے میں صرف چھالیہ الائچی لونگ اور تمباکو ہی نہ ہوتی تھی بلکہ ان تمام چیزوں کے علاوہ پستے اور بادام بھی ہوتے تھے۔ نارنگی کے چھلکے بھی ہوتے تھے اور آپ یہ سب کچھ خود بھی نوش فرماتے تھے اور دوسروں کی بھی تواضع کرتے تھے رفتہ رفتہ جب آپ کو اپنی تعمیر کے سلسلے میں اپنے اخراجات کا توازن قائم کرنے کی فکر ہوئی تو اس بٹوے پر بھی تخفیف کا نزلہ گرا۔ الائچی کی جگہ بڑی الائچی نے لے لی۔ پستے اور بادام غائب ہو گئے نارنگی کے خشک چھلکوں کی مقدار بڑھ گئی اور اب بٹوہ بھی آنکھ بچا کر کھولا جانے لگا

اور اس احتیاط میں کبھی کبھی خود بھی اس طلب کے لئے ترسنا پڑا اس لئے کہ اگر اپنے لئے بٹوہ نکالتے ہیں تو جیل چھپٹے والے بھی موجود ہیں۔ نتیجہ یہ ہوتا تھا کہ کہنا پڑتا تھا کہ ؎

یہ سب بے فیض خزانہ تیرا۔ تیرے کام نہ آئے گا
تو نے دُنیا کو ترسایا یہ تجھ کو ترسائے گا
ہتھیلی کھول کے ہو جاتا ہے حال بُرا ہر بار ترا
کر دے گی یہ دولت آخر اک دن بیڑا پار ترا

مگر ماننا پڑتا ہے کہ آخر یہی احتیاط آپ کے کام آئی۔ اسی کفایت شعاری نے یہ دن بھی دکھایا کہ اب خدا کے فضل سے صاحبِ جائداد ہیں اور خدا کا شکر ہے کہ زمانے کا ایسا ساتھ دیا ہے کہ زمانہ بھی ساتھ دینے پر مجبور ہوا۔ یہ وصف آپ میں ہمیشہ رہا کہ ہر موقع اور ہر محل کے سانچے میں اپنے کو ڈھالتے رہے ؎

با ما شراب خوردہ و بہ زاہد نماز کردہ

آپ کی خبر رساں ایجنسی جس میں پہلے اُردو ٹائپ رائٹر کی ٹپا ٹپ سُنی جاتی تھی حالات بدلے تو اب وہاں ہندی ٹائپ رائٹر بھی موجود ہے ؎

میرے دونوں ہاتھ نکلے کام کے

اور اس کے باوجود حوصلوں کا یہ حال ہے کہ ؎

دونوں جہان دے کے وہ سمجھے یہ خوش رہا
یاں آ پڑی یہ شرم کہ تکرار کیا کریں

مگر میں خوش ہوں کہ آپ ایک عملی انسان ہیں۔ دن رات اپنی دھن میں سرگرم۔ مولوی اسمٰعیل میرٹھی نے آپ کے متعلق سچ کہا ہے کہ ؎

نہر پر چل رہی ہے پن چکی
دھن کی پوری ہے کام کی پکی

اس سخت کوشی کو دیکھ کر اپنی بے عملی پر ہمیشہ شرم آئی ہے معلوم نہیں آپ بھی اپنی اس سخت کوشی پر کبھی شرماتے ہیں یا نہیں۔ خیر چھوڑیئے اس ذکر کو کھولیئے اپنا بٹوہ اِدھر میں اپنی خوراک تیار کرتا ہوں۔

شوکت تھانوی

کنور مہندر سنگھ بیدی کے نام

گڑھی شاہو - لاہور

حبیبی!

بعض باتیں ایک دم سے ایسی چونکا دینے والی ہو جاتی ہیں کہ سوائے آئینہ حیرت بن کر رہ جانے کے اور کچھ ممکن نہیں ہوتا۔ اسی قسم کی ایک بات اس وقت ذہن میں ابھری ہے اور نگاہوں سے گذرتا ہوا ایک منظر پھر نگاہوں کے سامنے آیا ہے کہ گوڑگاؤں میں ایک بین المملکتی قسم کا مشاعرہ گرم ہے جس کے بانی گوڑگاؤں کے ڈپٹی کمشنر ہیں جو صرف ڈپٹی کمشنر ہی نہیں بلکہ سکھ بھی ہیں مگر کیسے سکھ؟ مشاعروں کے رسیا اور خود نہایت خوش گو اور پختہ مشق شاعر یہ سب کچھ درست ہے مگر ان کے

راسخ الاعتقاد سکھ ہونے سے بھی انکار نہیں کیا۔ داڑھی تمباکو سب کچھ چھوڑے ہوئے سکھ۔ یہ سمجھ کر کہ یہ ایک عام مشاعرہ نہیں بلکہ ایک سکھ کا منعقد کیا ہوا مشاعرہ ہے شرکت کے لئے چلے تو پانوں کی ڈبیا لبالب بھری۔ بٹوہ بھی کھچا کھچ پُر کر لیا کہ اس مشاعرے میں بھلا پان کہاں۔ ممکن ہے سکھ پان کھاتے ہوں مگر میں نے اب تک پان اور سکھ میں بعد المشرقین سمجھ رکھا تھا۔ آپ کے متعلق بھی یقین تھا کہ پان سے بھلا آپ کا کیا تعلق ؎

پوچھئے میکشوں سے لطفِ شراب

یہ مزہ پاکباز کیا جانیں

مشاعرے میں پہنچتے ہی پانوں کی کشتی نظر آئی۔ دل نے کہا وضعداری اس کو کہتے ہیں۔ وضعداری اسی کا نام ہے مشاعرہ بغیر پان کے بے رنگ سا ہو جاتا ہے۔ پان اور حقّہ یہی تو وہ آرائشیں تھیں مشاعروں کی۔ حقّے کی طوالت اور حقّے کے اہتمام کی دردسری کو دیکھتے ہوئے اس کے متعلق تو کہہ دیا گیا کہ ؏

حقّہ کہ با عقوبتِ دوزخ برابر است

اور اس کی جگہ سگریٹ نے لے لی مگر مشاعرے ابھی اتنے فیشن ایبل نہیں ہوئے ہیں کہ پان کی جگہ چوئنگ گم کو دے دی جائے۔ بہرحال اس مشاعرے میں پان کا دور چل رہا تھا۔ یہ بات خوشی کی ضرور تھی مگر چونکا دینے والی بات تو اب آتی ہے کہ کسی کی آواز سماعت میں گونجی کہ "کنور صاحب کے پان کہاں ہیں

"ظاہر ہے کہ کنفر صاحب تو آپ ہی کو کہا گیا تھا مگر آپ پر پان کی تہمت؟ سمجھ میں نہ آسکی یہ بات ۔ مگر جو بات سن کر سمجھ میں نہ آئی تھی وہ دیکھ کر سمجھ میں آگئی کہ فوراً سفید رنگ کے بنارسی پانوں کی گلوریاں آپ کے سامنے تھیں ایسی خوش رنگ حسین اور سڈول گلوریاں جیسے چنبیلی کی کلیاں ہوں۔ اور پھر آپ کا نہایت شوق سے ان کو کھانا ؎

گلشن میں ترے لبوں نے گویا   رس چوس لیا کلی کلی کا

میں نے حیرت سے یہ منظر دیکھا اور یہ کہے بغیر نہ رہ سکا کہ ؎

آج تو جام بکف آپ کو بھی پاتا ہوں

حضرتِ شیخ میں آداب بجالاتا ہوں

اور جب یہ حسین جمیل گلوریاں میری طرف بڑھائی گئیں تو پہلی گلوری کھانے کے بعد تو یہ اندازہ ہوا کہ اونٹ کے منہ میں زیرے کی کیا بساط۔ معلوم ہوا کہ پان نہیں بلکہ پان کا تصوّر کھایا ہے۔ جس میں روح ہی روح ہے ایک معطر سی خنک روح مگر بے حد لطیف اور نہایت سُبک ۔ دوسری اور تیسری گلوری کھانے کے بعد بھی اندازہ یہی ہوا کہ پان کھا نہیں رہے ہیں بلکہ پان کھانے کا خوابِ شیریں دیکھ رہے ہیں آخر ان حسین و جمیل گلوریوں کے متعلق یہ نکتہ سمجھ میں آگیا کہ ؎

حسن وہی ہے حسن جو ظالم   ہاتھ لگائے ہاتھ نہ آئے

اب میں نے یکمشت کئی گلوریاں کھا کر اپنا مشکی دانہ جو کھایا تو معلوم ہوا کہ یہ حسن اسی شباب کا منتظر تھا۔ اور اس کے بعد مجھ کو اعتراف کرنا پڑا کہ اس مزے کا پان میں نے کبھی نہیں کھایا۔ جس سبک خرامی سے کسی مغنی کا نغمہ سماعت میں داخل ہوتا ہے اسی انداز سے یہ پان حلاوت میں تیرتا ہوا محسوس ہوا۔ معلوم ہوا کہ میں پان کھا نہیں رہا ہوں بلکہ پان کے گن گا رہا ہوں ؎

جو کوئی سن سکے تو نکہتِ گل
شکستِ رنگ کی جھنکار بھی ہے

میرے تو تصور میں بھی نہ آ سکتا تھا کہ آپ اس سلیقے سے پان کھاتے ہوں گے۔ آپ پان کھانے کے عادی نہیں ضرورتاً نہیں بلکہ "تفریحاً" پان کھاتے ہیں مگر کس خوش مذاقی اور کس پاکیزگیٔ ذوق کے ساتھ۔ اب یقین آیا کہ سکھ نہ صرف یہ کہ پان کھا سکتا ہے بلکہ اس نفاست کے ساتھ کھا سکتا ہے ؎

جہاں ہے شوق وہاں کیف و کم کی بات نہیں
دیارِ عشق میں دیر و حرم کی بات نہیں

اور یہی ستھرا ذوق کبھی آپ کی شاعری بن جاتا ہے۔ کبھی آپ کی سخن فہمی کبھی آپ کی زبان بن جاتا ہے اور کبھی آپ کا بیان۔ مگر آپ نے کبھی اس پر بھی غور فرمایا کہ آپ کی نفاست طبع خود آپ کو کس قدر محبوب بنائے ہوئے

ہے آپ سے محبت کرنے کو جی چاہتا ہے۔ وہ محبت جو ٹھنڈی ہواؤں سے کی جاتی ہے۔ سحر کی رنگینیوں سے کی جاتی ہے۔ شام کی ملاحتوں سے کی جاتی ہے۔ اب اللہ جانے یہ محبت ہے یا خود غرضی۔

شوکت تھانوی

ظریف جبلپوری کے نام

گڑھی شاہو۔ لاہور

حبیبِ مکرّم!

آپ شعر تو خیر مزاحاً کہتے ہیں مگر پان بڑی سنجیدگی سے کھاتے ہیں اور یہ تخمینہ آج تک نہ لگ سکا کہ عمرِ عزیز کا کتنا حصہ آپ نے شعر کہنے میں بسر کیا ہے اور کتنا گلوریاں بنانے میں بہرحال جہاں تک سرخروئی کا تعلق ہے وہ آپ کو اپنے ان دونوں مشاغل میں حاصل ہوئی۔ ویسے تو خیر آپ ریڈیو کی قسم کے انسان ہیں اپنی کہتے ہیں دوسرے کی نہیں سنتے یا اگر سنتے بھی ہیں تو اس طرح کہ ـــ

بہرا ہوں میں تو چاہیے دونا ہو التفات . سنتا نہیں ہوں بات مکرر کہے بغیر

اور یہاں یہ عالم ہے کہ ؎

میں سُننے کے لئے پیدا ہوا ہوں

وہ جو چاہیں کہیں ان کی زباں ہے

مگر ایک بات آج آپ کو زبردستی سُنانا ہے اور آپ سے اس کا جواب لینا ہے کہ آخر آپ اپنے متعلق یہ کیوں سمجھتے ہیں کہ ؎

حالانکہ شعر گو نہیں صرف ظریف ہے ظریف

اور یہ آپ نے کیوں طے کر لیا ہے کہ چونکہ آپ کا تخلص ظریف ہے لہذا آپ صرف ظرافت ہی فرماتے ہیں۔ کیا آپ کا خیال یہ ہے کہ مشاعروں میں آپ جو کچھ فرماتے ہیں اُسے سُنکر چونکہ سُننے والے ہنستے ہیں لہذا یہ طے ہے کہ وہ ظرافت ضرور ہوتی ہے۔ بھائی میرے اگر سچ پوچھئے تو یہ آپ سے زیادہ آپ کا کلام سُننے والوں کی ظرافت ہے کہ وہ رو دینے کی جگہ ہنس دیا کرتے ہیں مثلاً اب آپ ہی بتائیے کہ آپ کے ان اشعار میں ہنسی کی کیا بات ہے ؎

غریبی مسئلہ ایسا ہے اس دنیائے فانی میں

کبھی طے ہو نہیں سکتا جو اپنی زندگانی میں

امیروں کی ہوس ناکی میں پھنس جانا غریبی ہے

بجائے نان و قلیہ گھر کیاں کھانا غریبی ہے

غریبی دامِ عصیاں ہے غریبی آفتِ جاں ہے
اور اپنے ملک کا ایک ایک بچہ اس پہ قرباں ہے

اب اگر ان اشعار پہ آپ کے سامعین ہنستے ہیں تو یہ سخن فہمی سے زیادہ بے غیرتی ہے۔ یا مثلاً آپ کا وہ مرثیہ جس کا نام ''لالو کھیت'' ہے جب آپ سناتے ہیں سننے والے ہنسی کے مارے لوٹ لوٹ جاتے ہیں اور میں حیران رہ جاتا ہوں کہ خانہ بدوشی کی اس خونچکاں داستان پر یہ قہقہے بلند کرنے والے آخر کس مٹی کے بنے ہوئے ہیں۔ اللہ جانے یہ لوگ اُردو زبان نہیں سمجھتے یا ان میں اب تک یہ شعور پیدا نہیں ہوا ہے کہ ہنسنے اور رونے کے کیا محل ہوتے ہیں ضرورت اس کی ہے کہ آپ ہر نظم کے ساتھ ایک پرچۂ ترکیبِ استعمال بھی پیش کر دیا کریں کہ اس نظم پر خواہ مخواہ ہنس کر اپنے کو احمق اور شاعر کو مسخرا ثابت نہ کرو۔ یہ بڑی عبرت انگیز نظم ہے اور اس میں ہنسنے سے زیادہ رونے کے مقامات ہیں۔ اب آپ اس کو میری ناسمجھی سمجھیں یا دیوانگی کہ مجھ کو آپ کے ان اشعار میں بڑی ٹریجڈی نظر آتی ہے کہ ؎

جلے گیا ہے سب کو آب و دانہ لالو کھیت میں
مجھ کو بھی لے چل دلِ دیوانہ لالو کھیت میں
تم کو اپنی کوٹھیوں کے آٹھ کمروں کی قسم
اک چٹائی کا مکاں منوانا لالو کھیت میں

ہمنشیں آبادکاری جس کو کہتے ہیں عوام
سولہ آنے ہیں نہیں ایک آنہ لالوکھیت میں
ہم کو ان سے کیا ملا ہے دو چٹائی چار بانس
بن گیا ہے جس سے دولت خانہ لالوکھیت میں
تم کو جو تکلیف ہے شاید انھیں احساس ہو
کچھ بڑے لوگوں کو دو عصرانہ لالوکھیت میں
دیدۂ عبرت سے دیکھیں تو ذرا اہلِ قلم
بن رہی ہے زندگی افسانہ لالوکھیت میں
ہم مہاجر شمعِ پاکستان کے پروانے ہیں
مل گئی خاک پر پروانہ لالوکھیت میں

اس مرقعِ عبرت پر ٹھٹھے مارنے والے عموماً وہی لوگ ہوتے ہیں جن کو آپ عصرانہ دے کر لالوکھیت میں بلانا چاہتے ہیں۔ کیا آپ کے سامعین وہی لوگ نہیں ہوتے جو اپنی تفریحِ طبع کے لئے آپ کے مصائب کی داستان سننا چاہتے ہیں۔ میں مثالیں دے کر سمجھانا نہیں چاہتا صرف یہ عرض کرنا چاہتا ہوں کہ عموماً ہم اپنے مصائب اور اپنی مشکلات کی داستانیں لطیفہ کے طور پر ان کو سناتے ہیں جن کے لئے ہمارے مصائب اور ہماری مشکلات بڑے شگفتہ موضوع ہیں جنھیں سن کر ان کا دل بہلتا ہے۔ ذرا ہنسی آتی ہے۔ جی خوش ہوتا ہے اور ہمارے

غم کی تفصیلات سے وہ اپنے غم غلط کرتے ہیں۔ طرفہ تماشہ یہ ہے کہ ہم خود ان کو ہنسا کر خوش ہوتے ہیں اور ناز کرتے ہیں کہ ہماری یہ نظم کامیاب رہی۔ ہنستے ہنستے لوگوں کا برا حال ہو گیا۔ حالانکہ اگر غور کیجئے تو آپ سوسائٹی کے ناسور بغرض اصلاح پلش کرتے ہیں۔ یہ وہ مرقعے ہیں جنھیں دیکھ کر شرم سے سر جھک جانا چاہئیں مگر مصیبت تو یہ ہے کہ اگر آپ کی ان نظموں پر آپ کے سامعین سنجیدگی سے غور کرنا شروع کر دیں اور ہنسنے میں بخل سے کام لیں تو آپ خود برا مان جائیں۔ ان کو کور ذوق۔ سخن ناشناس۔ اور بدمذاق کہیں۔ کاش ہم آپ سب مل کر کوئی فیصلہ کر لیں کہ ہمارے اس قسم کے کلام کی پذیرائی کی کیا صورت ہو اور ہم اپنے کو کس قسم کا شاعر سمجھیں۔ اور شاعر بھی سمجھیں یا فقط ظریف؟

شوکت تھانوی

پنڈت ہری چند اختر کے نام

گڑھی شاہو۔ لاہور

حبیبی!

اکثر سوچتا ہوں کہ آپ اس شدت سے سبزی خور کیوں ہیں۔ نام ہے ہری چند اور بنے رہے ہمیشہ "ہری چگ" زندگی گذری ہے ہمیشہ اُن احباب کے ساتھ جو گوشت کے اس حد تک قائل تھے کہ یہ بھی ان کی عنایت تھی کہ آدم خوری ترک کئے ہوئے تھے۔ مگر آپ نے ہمیشہ پرہیز کیا کباب اور شراب دونوں سے اور پھر بھی جانِ محفل بنے رہے خیر یہ تو سب کچھ ٹھیک ہے کہ ہندو بھی بنے رہے اور آدمیت پر بھی آنچ نہ آنے دی ع

رند کے رند رہے ہاتھ سے جنت نہ گئی

مگر اس سبزی خوری کے باوجود یہ بات سمجھ میں نہ آسکی کہ آپ جدگ سبز سے کیوں پرہیز کیا جس کو پان کہتے ہیں۔ جو فرقہ وارانہ تعصب آپ کے آس پاس کہیں بھی نظر نہیں آتا وہ پان سے کیوں روا رکھا گیا۔ کاش آپ کو اندازہ ہوتا کہ محض پان کھا کر آپ کی وہ شخصیت جس میں بلا کی جاذبیت ہے اور بھی کتنی محبوب ہو جاتی۔ بخدا یہ دیکھ کر دل دکھتا ہے کہ جب آپ کی طرف پان بڑھایا جائے تو آپ صرف چھالیہ کے چند دانے۔ یا ایک آدھ الائچی یا ایک آدھ لونگ لیکر سلام کر لیتے ہیں اور پان سے بھی اس طرح ڈرتے ہیں کہ کہیں یہ بھی انگور کی بیٹی کی طرح انگریز کا باپ ثابت نہ ہو جائے۔ آپ کی طرح بے شمار لوگ ہیں جو پان نہیں کھاتے بلکہ دنیا کی بیشتر آبادی پان نہیں کھاتی مگر اس محروم القسمت اکثریت پر مجھے کبھی افسوس نہیں ہوتا البتہ آپ مجھ کو اس قدر عزیز ہیں کہ نہ جانے کیوں میرا جی چاہتا ہے کہ یہ خوش مذاقی آپ میں ضرور پیدا ہو جائے اور میں آپ کے پان کھائے ہوئے لبوں سے گل افشانی گفتار کا لطف حاصل کر سکوں۔ میں آپ کو صرف یہ یقین دلانا چاہتا ہوں کہ پان بجائے خود ایک سبزی ہے اور آپ کے دائرہ اختیار سے باہر کی کوئی چیز نہیں۔ آپ اس کو پان سمجھ کر نہ سہی ترکاری ہی سمجھ کر کبھی کبھی کھا لیا کریں۔

خدا کرے آپ کا شمار ان لوگوں میں نہ ہو جو سگریٹ کو پان کا نعم البدل

سمجھتے ہیں ع

چہ نسبت خاک را با عالمِ پاک

سگریٹ کو اگر حقّے کا "تتمّہ" سمجھا جائے تو مجھے کوئی اعتراض نہیں مگر پان کو جو لوگ سگریٹ کی پستی میں لاتے ہیں اُن کی اس زیادتی پر افسوس ضرور ہوتا ہے اور میں آپ سے عرض نہیں کر سکتا کہ ریلوے اسٹیشنوں پر خوانچہ فروشوں کی یہ صدائیں کس قدر گراں گذرتی ہیں کہ "پان بیڑی سگریٹ" اور یہ دیکھ کر ذوقِ سلیم کا کیسا خون ہوتا ہے کہ بازاروں میں بھی پان اور سگریٹ کی مشترکہ دوکانیں نظر آتی ہیں مگر ان کے گاہک بھی کچھ ایسے ہی ہوتے ہیں جو وہ نام نہاد پان کلّے میں ٹھونس کر اُوپر سے سگریٹ بھی سلگا لیتے ہیں خیر اس طرح سگریٹ کی توقیر تو کچھ بڑھ جاتی ہے مگر پان کی جو تحقیر ہوتی ہے وہ بیان نہیں کی جاسکتی۔ حالانکہ وہ پان بھی اگر سچ پوچھئے تو پان ہوتا ہی کب ہے۔ بیڑی کی صحبتِ ناجنس میں وہ خود خشک نہ سہی تر قسم کی بیڑی بن کر رہ جاتا ہے۔ ورنہ پان تو کچھ اور ہی چیز ہے۔ اس جنسِ گراں مایہ کا اس ابتذالیت سے کیا تعلق۔ پان جو ناز و نعم چاہتا ہے وہ ان پنواڑیوں اور ان خوانچہ فروشوں کے بس میں کہاں ہے۔ یہ بیچارے پان بنانے سے زیادہ پان بگاڑنے کی خدمات انجام دیتے ہیں اور پان کے لئے رسوائی سرِ بازار کے امکانات پیدا کرتے ہیں۔ مگر اس طرح کی پان فروشی کے باوجود اصل قسم کے پان پہ کوئی آنچ نہیں آتی ع

ہزار بار بھی یوسف بکے غلام نہیں

آپ بھی کہیں گے کہ میں آخر آپ کے سامنے یہ پاندان کھول کر کیوں بیٹھ گیا ہوں۔ آپ کا پان سے کیا تعلق۔ مگر یہی تو میں عرض کر رہا ہوں کہ یہ بے تعلقی کیوں ہے یہ بیگانگی کس لئے ہے۔ تقسیم ملک کے بعد آپ ادھر سے اُدھر پہنچ گئے ہیں جہاں آپ کو صحیح قسم کے پان کھانے کے مواقع حاصل ہیں۔ آپ سگریٹ سے شوق فرماتے ہیں تو کونسا تیر مارتے ہیں سگریٹ تو ٹمبکٹو میں بھی پھونکا جاتا ہے زنجبار میں بھی پیا جاتا ہے مگر آپ تو دریا کے کنارے رہ کر بھی تشنہ ہیں اور ایک ہم ہیں کہ یہاں وہ پان میسّر نہیں ہے مگر وضعداری قائم ہے اور اس رنگ کے ساتھ قائم ہے کہ جو نام نہاد پان یہاں ملتا ہے اُسے کبھی منہ نہیں لگایا اگر کبھی اصل نسل کا پان مل گیا تو یہ شوق پورا کر لیا ورنہ خشک مسالہ ہی سہی طبیعت نے یہ شرک کبھی گوارا نہیں کیا کہ جو پان بھی میسّر آ جائے اس کو پان سمجھ کر اپنے کو فریب دے لیں اور بجائے پان کے پان کا دھوکہ کھایا جانے اور نہ اس زندگی میں یہ ہرجائیت پیدا ہونے دی کہ پان کی طلب کو سگریٹ سے پورا کیا جائے۔ پان کا نعم البدل صرف پان ہے اور یہ بھی طے ہے کہ ہر قسم کے سبز پتے کو پان نہیں کہا جا سکتا۔ جہاں آپ ہیں وہاں سے آنے والے اکثر پان لے آتے ہیں۔ وہاں کے بعض احباب بھی پان بھیجا کرتے ہیں اور جانتے ہیں کہ ان ہی داموں مجھ کو خریدا جا سکتا ہے چنانچہ اس طرح کبھی کبھی مجھ تک بھی دورِ جام آ جاتا ہے۔ خدا کے کہ اس کوشش طلب

نہ سمجھئے گا اور نہ در اصل میں اس پردے میں آپ ہی کا شعر آپ کو سنانا چاہتا ہوں کہ ؎

ہمیں بھی آ پڑا ہے دوستوں سے کام کچھ یعنی
ہمارے دوستوں کے بے وفا ہونے کا وقت آیا

اسی ڈر کے مارے میں یہ آزمائش کرنا ہی نہیں چاہتا اس لئے کہ شاید آپ کو یقین آسکے کہ مجھ کو پان سے بھی زیادہ آپ کی دوستی عزیز ہے جس کو میں کسی رنگ میں مشکوک دیکھنا نہیں چاہتا۔

شوکت تھانوی

نواب مرزا جعفر علی خاں اثرؔ لکھنوی کے نام

گڑھی شاہو ۔ لاہور

اخی مکرم !

مولانا عبدالحلیم شررؔ کی ایک کتاب کا نام ہے "مشرقی تمدن کا آخری نمونہ" یہ کتاب میرے پاس ہے اور جب کبھی نگاہوں کے سامنے آتی ہے ذہن فوراً منتقل ہوتا ہے آپ کی طرف ۔ اس لئے کہ میرے ذہن نے یہی نام آپ کا رکھ چھوڑا ہے ۔ لکھنؤ میں مدتوں خود بھی رہا ہوں اور بزرگوں سے لکھنؤ اور اس کے تمدن کے متعلق جو کچھ سنا ہے وہ سب کچھ جس ایک پیکر میں سمٹا ہوا نظر آیا وہ آپ کی ذات ہے ۔ ہر چند کہ میں نے آپ کو کبھی انگرکھے میں نہیں دیکھا ۔ مٹھی میں بٹیر دبائے آپ نظر نہیں آئے مگر اس کے باوجود

مہذب اور شائستہ لکھنؤ کی نمائندگی کرتے رہے۔ خود لکھنؤ سے جو لکھنویت نہایت تیزی کے ساتھ رخصت ہو رہی تھی اس کو آپ اپنائے رہے اور آپ سے ملنے والوں کو یہ اطمینان ہوتا رہا کہ اب بھی لکھنؤ میں لکھنؤ باقی ہے لب ولہجہ میں وہی شیرینی۔ الفاظ میں وہی مٹھاس۔ عادات میں وہی نفاست، طبیعت میں وہی لوچ، مزاج میں وہی لچک اور کہیں بھی کسی صناعی کو کسی اداکاری کو کسی ارادے کو دخل نہیں یہ سب کچھ ایک عجیب بے ساختگی کے ساتھ۔ کہنے والے اس لکھنویت کو تصنّع کہتے ہیں اور غالباً اس لئے کہتے ہیں کہ نقال جب اس شائستگی اور شستہ عادات کی نقل اتارتے ہیں تو اس نقل میں یقیناً تصنع پایا جاتا ہے مگر جس اصل کی یہ نقل ہوتی ہے اُس اصل کو تو تصنّع نہیں کہا جا سکتا ان کو اس تصنّع کی کیا ضرورت ہے جو اسی شائستگی کی گود میں پلے ہوں جن کی گھٹی میں یہ تہذیب اور تمدّن ملا ہو۔ مجھے کسی اور سے کوئی مطلب نہیں خود میں نے یہ تصنّع بھی دیکھا ہے اور وہ بے ساختگی بھی جو آپ میں مجھ کو نظر آئی۔ آپ کو میں نے کبھی بنتے نہیں دیکھا بلکہ آپ ہمیشہ بنے بنائے ایسے ہی نظر آئے اور اب ذہن اس طرف منتقل ہوا ہے کہ جس تصنّع کا میں ذکر کر رہا تھا وہ دراصل پیدا ہی اس طرح ہوتا ہے کہ خود میرا بے اختیار جی چاہا کرتا تھا کہ کاش میں بھی ویسا ہی شستہ اور شائستہ بن جاؤں جیسا آپ کو دیکھ رہا ہوں اب اگر یہ کوشش کامیاب بھی ہو جاتی تو وہی فرق باقی رہتا جو آمد اور آورد میں ہوتا ہے

یا بڑی احتیاط سے کام لیتا تو بھی وہ فرق تو بہر حال ہوتا جو اہل زبان اور زبان داں میں ہوتا ہے ایک تھانوی لاکھ لکھنوی بننے کی کوشش کرتا کہیں نہ کہیں سے تھانہ بھون جھانک کر بجائے تسلیمات عرض کرنے کے السلام علیکم کہہ کر بھانڈا پھوڑ ہی دیتا اور کوئی نہ کوئی غیر ٹکسالی حرکت سرزد ہو ہی جاتی۔ چنانچہ میں نے تو اپنے لئے اتنا ہی کافی سمجھا کہ آپ کی محبوب شخصیت کی خاموش پرستاری کرتا رہوں۔ غیر ارادی طور پر اگر آپ سے کچھ حاصل کر لیا ہو تو اس کو چوری نہ سمجھئے میری خوردی کا حق سمجھئے۔ مثلاً آپ کے پان کھانے کا سلیقہ اور نفاست مجھ کو اپنانا پڑی۔ مجھے اعتراف ہے کہ میں نے آپ ہی کے خاصدان اور آپ ہی کی چاندی کی ڈبیا کی گلوریوں سے اور آپ ہی کی توام کی شیشی سے صحیح طریقہ پر پان کھانے کا سبق حاصل کیا۔ جب تک وہ گلوریوں کے سانچے میں ڈھل جانے والے پان میسر آئے یہاں بھی اسی چاؤ چونچلے سے پان کھاتا رہا مگر اب وہ پان یہاں کہاں۔ اگر کبھی کبھی آ جاتے ہیں تو بھی گلوریاں بنانے کے بجائے ایک ایک پان کے کئی کئی ٹکڑے کر کے نہایت کفایت شعاری کے ساتھ بلکہ نذیدے پن کے ساتھ چھوٹے چھوٹے تعویذ نما پان بنا لیتا ہوں تاکہ بجائے ایک دن میں ختم کر دینے کے کئی دن کھا سکوں سے

بسائی جاتی ہے اس میں قمیص یوسف کی
ہوا جو مصر سے بیت الحزن میں آتی ہے

اللہ اللہ کیا کیا اہتمام ہوتے ہیں ان پانوں کے لئے۔ یہ پان مل جائیں تو بہتر سے بہتر قوام ڈھونڈھا جاتا ہے۔ اچھے سے اچھا تمباکو مہیا کیا جاتا ہے اور پھر ان پانوں کو کھا کر محسوس ہوتا ہے کہ ع

نفس نفس میں نئی روح تن میں آتی ہے

شاید آپ نے اس کو محسوس نہ کیا ہو مگر مجھ کو اب تک اپنی اس زیادتی پر ندامت محسوس ہوتی ہے کہ باوجود اُس احترام کے جو میرے دل میں آپ کے لئے ہے اور باوجود اُن حدود و ادب کے جو ہونا چاہئیں ہمیشہ یہ ہوا ہے کہ جس کسی مشاعرے میں یا جس کسی اجتماع میں آپ مجھ کو نظر آگئے ہیں صورتِ سوال بن کر آپ کی طرف بڑھا اور ڈبیا کو کچھ اس انداز سے دیکھتا رہا کہ آخر آپ نے مسکراتی ہوئی نگاہوں سے ڈبیا میری طرف بڑھا دی۔ زبان سے کچھ نہ کہا مگر نگاہوں سے وہ محبت برسا دی کہ میں پھولا نہ سمایا ؎

اگر ہونٹ سی بھی لئے کیا ہوا
نگاہوں سے الفت ٹپکتی رہی

کئی بار دل میں خیال آیا کہ بڑے بھائی کے سامنے پان ہی کھانا کیا کم گستاخی ہے کہ خود اُن ہی کی ڈبیا سے پان کھایا جائے۔ مگر ان پانوں کی لذت ہمیشہ اس گستاخی پر مجبور کرتی رہی۔ اس ڈبیا کے پان کھانے والے ہی جانتے ہوں گے کہ یہ پان کیا ہوتے ہیں ؎

دے گی نہ چین لذتِ غم اُس شکار کو
جو کھا کے تیرے ہاتھ کی تلوار جائے گا

پچھلے دنوں آپ پاکستان آئے ہوئے تھے۔ راولپنڈی کے ایک اجتماع میں آپ کے ہاتھ میں وہی ڈبیا نظر آ گئی مگر آپ کو خود کہنا پڑا کہ اس ڈبیا میں آج وہ پان نہ ملیں گے اور میں نے عرض کیا کہ اس ڈبیا میں اگر وہ پان بھی ہوں گے جو میں نہیں کھاتا تو بھی کھا لوں گا۔ مگر اس اعتماد کے باوجود اس بیہودہ پان کو چکھ کر یہ اندازہ ہوا کہ آپ کی ہر نفاست کے باوجود یہ پان اپنی کثافت نمایاں کئے بغیر نہ رہ سکا معلوم نہیں آپ نے کیونکر اس پان کو اپنے لئے گوارا بنا لیا جس کا مزہ تو در کنار سُرخی کا عالم یہ تھا کہ ؏

اگر آئی لب پہ سسکتی رہی

آپ کے لئے تو یہ آزمائش وقتی تھی مگر اپنا تو تصور بن چکی ہے۔ اب آپ ہی بتائیے کہ زندگی میں رنگ آئے تو کہاں سے۔

شوکت تھانوی

سراج لکھنوی کے نام

گڑھی شاہو۔ لاہور

حبیب مکرم!

آٹھ نو سال کے بعد لکھنؤ کا دورہ جو کیا تو زمین آسمان بدلے ہوئے پائے۔ بھلا غضب خدا کا لکھنؤ سے تانگے اور یکے سب غائب اور ان سب کے بجائے وہ انسانیت سوز سواری جس کو سائیکل رکشا کہتے ہیں جس میں گھوڑے کی قائم مقامی وہ انسان کرتا ہے جس کو اشرف المخلوقات کہتے ہیں۔ رکشا پر دو انسانوں کو بٹھا کر ایک انسان کھینچتا ہے، چوٹی کا پسینہ ایڑی کو لاتا ہے۔ اپنے ڈھانچے کا ایک ایک جوڑ چٹخاتا ہے۔ سینہ دھونکنی کی طرح چلتا ہے اور جب وہ اپنے شہ سواروں کو منزل پر پہنچاتا ہے تو اجرت

طلب کرتے وقت پیٹ میں سانس نہیں سماتی یہ انسانیت سوزی اس لکھنؤ میں نظر آئی جو تہذیب کا مرکز سمجھا جاتا ہے اور تہذیب کا یہ نمونہ دیکھ کر عقل دنگ رہ گئی کہ اگر یہی تہذیب ہے تو بربریت کس کو کہتے ہیں۔ خدا کے لئے بتائیے لکھنؤ کے وہ یکے والے اور لکھنؤ کے وہ تانگے والے کیا ہوئے جن کی فقرہ بازیاں مشہور تھیں کہ کوئی موٹی سواری دیکھی تو فقرہ چست کر دیا کہ حضور دو کھیپ میں آپ کو پہنچا سکوں گا۔ یہ تو ہوا کرایہ اور زائد دام کمانی دم کرانے کے مانگ رہا ہوں۔ اور جب دام کسی طرح طے نہ ہوتے تو کہا کہ بہتر ہے حضور گھوڑے کی نظر بچا کر بیٹھ جائیے۔ یہ وہی لکھنؤ تو ہے جس کے ایک تانگے والے نے حضرت حفیظ جالندھری کے اس تقاضے سے کہ ذرا تیز چلو عاجز آ کر گھوڑے کو روک لیا تھا اور حفیظ صاحب سے دست بستہ عرض کیا تھا کہ حضور کیا آپ کا خیال یہ ہے کہ خود مجھے ارمان نہ ہوگا کہ میرا گھوڑا تیز چلے۔ ذرا اپنی چال دکھائیے مگر کیا عرض کیا جائے ایسا آرام طلب گھوڑا ہے کہ کبھی وضعداری میں فرق نہیں آنے دیتا۔ اللہ جانے کسی رئیس کا چشم چراغ ہے یا ضرورت سے زیادہ تعلیم یافتہ ہے یہی وجہ ہے حضور کہ اس کے ساتھ گستاخی کرنے کی بھی ہمت نہیں ہوتی۔ آخر کیا ہوئے وہ تانگے والے ع

خدا جانے کس کی نظر کھا گئی

اور صرف رکشا ہی نہیں عرض تو کیا کہ لکھنؤ کچھ کا کچھ ہو کر رہ گیا ہے۔ وہ چکنی

چھچھاتی محفلیں سونی پڑی ہیں۔ میں تو خیر وہاں سے چلا آیا مگر آپ سب کو کیا ہوا۔ سب ایک دوسرے سے غیر متعلق کچھ عجیب پراگندگی کے عالم میں پڑے ہوئے ہیں۔ ایک کو دوسرے کی خبر نہیں بمشکل تمام آپ کے متعلق صرف اتنا معلوم ہو سکا کہ صحت خراب رہتی ہے خانہ نشین ہو کر رہ گئے ہیں۔ گھر ملنے گیا تو سعادت یار خاں رنگین کا سید انشاء کے گھر جانا یاد آ گیا۔ آپ کو دیکھ کر دھک سے رہ گیا کہ یہ سراج کو کیا ہو گیا ہے۔ پہلوان تو خیر کبھی نہ تھے مگر ایسے چھوئی موئی بھی نہ تھے۔ آخر رفیع احمد خان کی بزم کے رتن تھے زندگی اور زندہ دلی کے پیکر تھے۔ مگر دیکھا تو گویا زبانِ حال سے کہہ رہے تھے کہ ؎

نہ پوچھ دم بخود ہوں غم کی داستاں لئے ہوئے
چھپا رہا ہوں ہونٹ قدرتِ بیاں لئے ہوئے

میں نے آپ سے تو کچھ نہ کہا مگر خود اپنے سے دل ہی دل میں کئی سوال کر ڈالے کہ کیا یہ وہی سراج ہیں جن کی پارٹی کا نام تھا "ینگ پارٹی"۔ کیا یہ وہی سراج ہیں جن کی محفل آرائیوں کا یہ عالم تھا ع

پھول تھا زیبِ چمن پر نہ پریشاں تھی نسیم

"معرکۂ سراجین" کا ہیرو میرے سامنے ایک ٹمٹماتے ہوئے چراغ کی مانند موجود تھا۔ اس سراج کی روشنی میں خود یہ سراج بھی بمشکل ہی نظر آتا تھا۔ دل کڑھا۔ جی بھر آیا مگر میں نے اس تمام کیفیت کو ایک فرضی مسکراہٹ میں ڈھال کر آپ کو

پھر ایک مرتبہ زندگی کی طرف کھینچنے کی کوشش کی۔ آپ میرے ساتھ بزمِ احباب میں آئیے۔ خدا جانے کتنے دن کے بعد ہنسے بھی مگر پھر ایک افسردگی چہرے پر لئے واپس چلے گئے۔ جب تک بیٹھے رہے پچھلے دنوں ہی کو یاد کرتے رہے گویا حال کا مشغلہ صرف ماتمِ ماضی ہی بن کر رہ گیا ہے ؎

نشاطِ عہدِ رفتہ تجھ کو بھولنا محال ہے
لبِ سحر بھی شام کی ہے داستاں لئے ہوئے

مگر جاتے جاتے زبانِ بے زبانی سے اپنی اسی غزل کا یہ شعر سناتے گئے کہ ؎

شکستہ پا ہیں آج رہنے والے اس دیار کے
زمیں جہاں کی تھی مزاجِ آسماں لئے ہوئے

عجیب بات یہ ہے کہ یہ یاس انگیزی اور یہ بیدلی مجھے دوسرے احباب میں نظر نہیں آئی۔ پراگندگی دوسری بات ہے مگر جب میں نے اس شیرازہ کو یکجا کیا تو معلوم ہوا کہ خدا کے فضل سے ابھی سب کے سب بقیدِ حیات ہیں اور وہ لکھنؤ جو مجھ کو ایک لاش کی صورت میں نظر آیا تھا رفتہ رفتہ ذی روح محسوس ہونے لگا۔ میں لکھنوی نہیں ہوں مگر لکھنؤ سے مجھ کو محبت ہے اور ممکن ہے کہ یہ اسی محبت کا کرشمہ ہو کہ ؎

کچھ تو کوچہ ترا جنت کا نمونہ ہے بھی
کچھ مرے حسنِ تخیل کی بھی رعنائی ہے

اس میں شک نہیں کہ لکھنؤ مجھ کو بہت کچھ بدلا ہوا ملا۔ جس لکھنؤ کے لئے
میں گیا تھا وہ بڑی تلاش کے بعد مشکل مل سکا مگر جب ملا تو میں نے یہی کہا کہ ع

خدا آباد رکھے لکھنؤ کو پھر غنیمت ہے

مگر یہ آباد تو جب ہی رہے گا کہ آپ اسے برباد نہ کریں۔ اپنے زندہ رکھنے
کی کوشش کریں تاکہ لکھنؤ زندہ رہ سکے۔ اس کے سینے پر رکشا چلے اور وہ
زندہ رہے۔ اس کی زبان کاٹی جائے اور وہ زندہ رہے۔ خدا کے لئے آپ
اپنے کو مار کر لکھنؤ کو موت کے گھاٹ نہ اتار دیجئے۔

شوکت تھانوی

فیض احمد فیض کے نام

گڑھی شاہو۔ لاہور

محبِ مکرم!

میں سگریٹ نہیں پیتا مگر جن لوگوں سے تعلقات خوشگوار نہ ہوں ان کی اس پیشکش کو کبھی رد بھی نہیں کرتا اور خواہ سگریٹ پی کر کتنا ہی بے کیف کیوں نہ ہونا پڑے مگر ان کے سگریٹ کا نقصان ضرور کرتا ہوں۔ اسی طرح میں پان ضرور رکھتا ہوں مگر اُن لوگوں کو کبھی نہیں کھلاتا جن کے متعلق مجھ کو علم ہے کہ یہ پان اس لئے نہیں کھاتے کہ خوش ہوں بلکہ اس لئے کھاتے ہیں کہ میں ناخوش ہو سکوں مگر نہ جانے کیا بات تھی کہ میں نے آپ کو زبردستی پان کھلانا چاہا حالانکہ مجھ کو معلوم ہے کہ آپ پان نہیں کھاتے مگر جو تضاد

مجھ کو آپ کی زندگی میں نظر آیا اُسی نے یہ ضد مجھ میں پیدا کی کہ میں آپ کو پان کھلا کر دیکھوں تو سہی کہ آپ کیا نظر آتے ہیں اور میں آپ کو یقین دلاتا ہوں کہ آپ مجھ کو اپنی مرضی کے عین مطابق نظر آئے۔ اور معلوم ہوا کہ آپ کے وہ اشعار جن کو آپ تحت اللفظ پڑھ کر ایک فرض ناگوار کی صورت میں ادا کیا کرتے ہیں آپ کے لبوں پہ خود بخود مترنم ہو گئے ہیں۔ جب آپ کے لبوں پر میرے دیئے ہوئے پان کا رنگ آیا تو میرا بیساختہ جی چاہا کہ اب آپ سے آپ کی وہ غزل سنوں ؎

دوستو اس چشم و لب کی کچھ کہو جس کے بغیر
گلستاں کی بات رنگیں ہے نہ میخانے کا نام

ہاں تو میں آپ کی زندگی کے تضاد کا ذکر چھیڑ کر گذر گیا اور آپ حیران ہو گئے کہ یہ کیا تہمت لگا گیا۔ میں تضاد اس کو کہتا ہوں کہ ادارت کرتے ہیں ایک انگریزی روزنامے کی اور عہدِ حاضر کے عظیم المرتبت اُردو شاعر ہیں۔ شریکِ حیات ہیں ایک یورپین خاتون مگر نظر آتی ہیں وہ شلوار اور دوپٹے میں خالص مشرقی بہو بیٹیوں کے انداز سے یہ سب کچھ آپ کی زندگی کا تضاد نہیں تو اور کیا ہے اور اس اجتماعِ ضدین کو دیکھ کر اگر میرے دل میں یہ خواہش پیدا ہوئی کہ میں آپ کو پان کھلا کر دیکھوں تو کیا غلط پیدا ہوئی بلکہ میرا تو جی چاہتا ہے کہ آپ کا وہ گھر جس کی صاحبۂ خانہ مشرقی لباس میں ایک مغربی خاتون ہیں پاندان سے بھی

خالی نہ رہے اور خود ان کے مشرقی لباس کی تکمیل اس طرح ہو کہ وہ شلوار اور دوپٹے کے ساتھ پان کھاتی بھی نظر آئیں۔ مگر ان کے ہاں پان کھانے سے پہلے آپ کا پان کھانا ضروری ہے اس کے بعد تو وہ خاتون جس کے جذبۂ شوہر پرستی کا یہ عالم ہے کہ اپنے شوہر کی مشرقیت کو دیکھتے ہوئے خود اپنے کو بھی مشرقی سانچے میں ڈھال لیا ہے، کیا پان کو نہ اپنا لے گی۔ وہ تو پان اس لئے نہیں کھاتیں کہ خود آپ نہیں کھاتے اور آپ کا وہ گھر جو مشرقی اور مغربی امتزاج کا ایک معیاری گھر ہے پاندان یعنی ایک خالص مشرقی علامت سے خالی ہے۔

آپ کو خود اپنے گھر کی وہ مختصر سی صحبتِ شعر و سخن یاد ہے جس میں آپ کو پانوں کا اہتمام بازار سے کرنا پڑا تھا اور چونکہ وہ بازار کے پان تھے لہٰذا ان کے ساتھ کچھ یونانی ادویہ از قسم سونف اور ملیٹھی وغیرہ بھی تھیں جس کا نتیجہ یہ ہوا کہ وہ پان صرف وہ لوگ کھا سکتے تھے جو در اصل پان نہیں کھاتے حضرت جگر مراد آبادی قسم کے پان کھانے والے مہمانوں نے خود اپنی ہی ڈبیا کے پان کھائے تھے۔ خیر میرا تو ذکر ہی نہیں ہے۔ تو یہ پان ہی نہیں کھاتا جو آجکل یہاں ملتے ہیں اور خدا جانے کیوں پان کہلاتے ہیں میرے پاس خود میرے مسالے کی ڈبیا ہوتی ہے اور میں اس سلسلے میں اپنے کسی میزبان کو کبھی تکلیف نہیں دیتا مگر میں آپ سے وعدہ کرتا ہوں کہ اگر آپ کے یہاں پاندان آجائے تو اس پاندان سے میں یہ پان تک کھانے کو تیار رہوں جو میں نہیں کھاتا۔

یہ مکتوب یہیں تک پہنچا تھا کہ ایک معتبر روایت یہ بھی پہنچی کہ آپ بلاشبہ پان نہیں کھاتے مگر بیگم فیض پان کھاتی ہیں اگر یہ سچ ہے پھر تو آپ کے لئے اور بھی پان کھانا فرض ہو جاتا ہے کہ وہ ایک مغربی خاتون ہو کر اس شدت سے اپنے کو مشرقی رنگ میں رنگ چکی ہیں اور آپ اس کے باوجود پان سے بیزار ہیں۔

آپ کو پان کھلانے کی یہ ضد ہے ضرور عجیب و غریب مگر معلوم نہیں کیا بات ہے مجھ کو جس کسی سے بھی تعلقِ خاطر پیدا ہو جاتا ہے میرا جی چاہتا ہے کہ وہ اس نعمت سے محروم نہ رہے۔ آپ کی شخصیت سے تو خیر میں اُس وقت متاثر ہوا جب لاہور میرا وطن بن گیا مگر آپ کو بحیثیت ایک عظیم شاعر کے اُسی وقت سے پوجنا شروع کر دیا تھا جب آپ کی یہ غزل نظر سے گذری تھی ؎

دونوں جہان تیری محبت میں ہار کے

وہ جا رہا ہے کوئی شبِ غم گذار کے

اک فرصتِ گناہ ملی وہ بھی چار دن

دیکھے ہیں ہم نے حوصلے پروردگار کے

اس بلا کے تغزل کے بعد حیرت ہے کہ آپ کو پان میں تغزل محسوس نہیں ہوتا۔ جو شعریت آپ کی شاعری میں ہے اس کا رنگ پان سے اور بھی چوکھا ہو سکتا ہے ممکن ہے آپ حسبِ عادت میری ان باتوں پر بھی مسکرا کر رہ جائیں مگر سو باتوں کی ایک بات یہ ہے کہ مجھ کو آپ بھی محبوب ہیں اور پان بھی لہٰذا میں اپنے

ان دونوں محبوبوں کو یکجا دیکھنا چاہتا ہوں۔ آپ معلوم نہیں بغیر پان کھائے ایسے رنگین شعر کیونکر کہہ لیتے ہیں مگر میں آپ کے کلام کی یہ بے حرمتی نہیں کر سکتا کہ بغیر پان کھائے اس کا مطالعہ شروع کر دوں اس وقت آپ کی یہ غزل سامنے ہے

وہ بات سارے فسانے میں جس کا ذکر نہ تھا
وہ بات ان کو بہت ناگوار گذری ہے

لہٰذا میں پاندان کی طرف بڑھ رہا ہوں کہ ایک تازہ گلوری کھاؤں تو یہ غزل پڑھوں اور اس کا صحیح کیف حاصل کر دوں۔

شوکت تھانوی

شکیل بدایونی کے نام

گڑھی شاہو۔ لاہور

عزیزی و حبیبی!

فلموں کی طرف ہجرت میری اور آپ کی تقریباً ساتھ ساتھ ہوئی تھی فرق تھا صرف لاہور اور بمبئی کا۔ آپ دِلّی سے بمبئی گئے اور میں لکھنؤ سے لاہور آیا۔ آپ کارزار میں مبتلا ہو گئے اور میرے پنچولی نکل آئی۔ مگر میری سمجھ میں یہ بات چار پانچ ہی سال میں آگئی کہ فلم ایک ضمنی مشغلہ رہے تو اچھا ہے مگر آپ "فنا فی الفلم" ہو کر رہ گئے اور اب آپ بجا طور پر مجھ سے کہہ سکتے ہیں کہ ـــ

مجھے تجھ سے خاص نسبت میں رہینِ موجِ طوفاں
جنھیں زندگی تھی پیاری انھیں مل گیا کنارا

میں نے فلم سے قطعی کنارہ تو نہیں کیا مگر ایک سبکسار کی حیثیت سے ساحل ہی سے اس کے مد و جذر کا تماشہ دیکھتا رہا اگر کوئی موج کبھی ساحل تک آکر میرا دامن بھی تر کر گئی تو اس تر دامنی سے اجتناب بھی نہیں کیا مگر از خود کبھی اس طوفان میں کودا بھی نہیں۔ ممکن ہے آپ کو فلمی دُنیا کا وہ تجربہ نہ ہُوا ہو جو مجھ کو ہوا ہے اسی لئے میں آپ سے تبادلہ خیال کرنا چاہتا ہوں۔ میں دراصل فلمی دُنیا کو ادبی دُنیا ہی کا ایک گوشہ سمجھ کر گیا تھا مگر وہاں پہنچکر معلوم ہوا کہ فلم کا ادب سے برائے نام ہی تعلق ہے۔ اور وہاں ہر قدم پر ضرورت پیش آئی کہ ادب کو بالائے طاق رکھ کر اور اپنے معیار سے اپنے کو زبردستی نیچے گھسیٹ کر فلمی خدمات انجام دیجئے۔ خیال تھا کہ اب چونکہ اُن سستے اور ابوجہل کی نسل کے بغیر ڈیکل منشیوں کے بجائے کچھ چوٹی کے ادیب اور شاعر فلمی دُنیا کا رُخ کر رہے ہیں لہذا اب ہمارے فلموں کا بھی ایک معیار قائم ہو جائے گا اب اس سے اُونچی چوٹی کے ادیب ہمارے ادب کو کہاں میسر تھے کہ یہ ہم چند فلمی دنیا میں گئے۔ کرشن چندر اور بیدی گئے۔ آپ اور مجروح گئے۔ جوش اور ساغر گئے مگر ہمارا فلمی لٹریچر جہاں تھا وہیں رہا ؂

ہزاروں ماہتاب آئے ہزاروں آفتاب آئے
مگر ہمدم وہی ہے ظلمتِ غم خانہ برسوں سے

مگر میں جانتا ہوں کہ ان سب کے ساتھ بھی وہی ہُوا ہوگا جو میرے ساتھ ہو چکا تھا کہ اگر اپنا

لکھا پڑھا سب بھول کر اپنے کو اس معیار پہ لا سکو جو سینما کے تماشائیوں کا ہو سکتا ہے تو تم کامیاب ہو اور اگر یہاں لٹریچر چھانٹنے آئے ہو اور قابلیت بگھارنا چاہتے ہو تو تمہاری اس دنیا میں کوئی جگہ نہیں ہے۔ میں آپ کو خود اپنا ایک حادثہ سناتا ہوں کہ ایک فلم کے مکالمے ایک نہایت جہالت مآب فلم ساز کو سنا رہا تھا ایک فقرہ آ گیا کہ "تمہیں دیکھنے کا ارمان ہے" وہ حضرت ایک مرتبہ چونکے اور پوچھا "ارمان؟ - ارمان کیا ہوتا ہے؟ یہ ٹھیک نہیں ہے کچھ اور ہونا چاہیئے۔ جب ارمان میں نہیں سمجھا تو کوئی اور کیا سمجھے گا۔" غصہ تو بہت آیا کہ آپ کہاں کے ایسے مستند سمجھدار ہیں مگر فوراً خیال آ گیا کہ یہاں لڑنے تو نہیں آئے ہیں کمائی کرنے آئے ہیں لہذا غصے کو پی کر بڑی عاجزی سے عرض کیا کہ "جی ہاں یہ لفظ ارمان مجھے خود کھٹک رہا تھا اور میں اس کی جگہ کسی مناسب لفظ کی تلاش میں ہوں اگر آپ کے ذہن میں کوئی لفظ آئے تو بتلایئے۔" یہ سنکر وہ خوش ہو گئے اتنا خوش ہوئے کہ چائے کا آرڈر دے کر سگریٹ تک پیش کر دی اور پھر غور کرنے لگے۔ کچھ دیر کے بعد چٹکی بجا کر اچھلے اور کہنے لگے "تسلی کیسا رہے گا"۔ اب میرے اچھلنے کا وقت تھا مگر داد دیجیئے کہ میں نہ اچھلا نہ کودا صرف بڑی سادگی سے پوچھا کہ "پورا جملہ کیا ہوگا"۔ وہ بڑے اطمینان سے بولے "تمہیں دیکھنے کا تسلی ہے" آپ جانتے ہیں میں نے کیا کیا۔ نہ مسودہ ان کے منہ پر مارا۔ نہ تھپڑ اپنے منہ پر بلکہ ان کے سامنے ہی ارمان کاٹ کر تسلی لکھ دیا۔ مگر ڈائیلاگ کے ریہرسل میں ارمان

ہی کا ریہرسل کراتا رہا یہاں تک کہ شوٹنگ کے وقت جب اُن فلم ساز صاحب نے پھر ارمان سُنا تو مجھے بُلا کر کہا۔ "یہ کیا ہو رہا ہے تسلّی نہیں ہو رہا ہے ارمان ہو رہا ہے"۔ میں نے عرض کیا کہ "کیا اب بھی آپ کو کوئی اعتراض ہے میں نے تسلّی لکھا تھا اسے کٹوا کر آپ نے ارمان لکھوایا۔ اب اس ارمان سے بھی ناراض ہو گئے"۔ وہ حضرت پہلے تو چکرا گئے پھر ان کو جیسے یاد آ گیا کہ واقعی میں نے تسلّی لکھا تھا جس کی جگہ ان کے مشورے سے ارمان لکھا ہے اور اس طرح یہ بیہودہ قضیہ ختم ہوا۔

قصہ مختصر یہ کہ اس فلمی دُنیا میں تو دراصل یہ فلم ساز سخت پریشان ہوتے ہیں صحیح قسم کے ادب یا شعر کے نام سے بھی کسی واضح انقلاب کی تو وہاں کوئی گنجائش ہی نہیں البتہ چپکے چپکے اگر کچھ سلیقے کی باتیں پیش ہوتی رہیں تو شاید کچھ اصلاح ہو سکے مطلب تو صرف یہ ہے کہ ان فلم سازوں کو چونکنے نہ دیا جائے ادب اور شعر کا نام لے کر ؎

یہ محفل زاہدانِ خشک کی محفل ہے اے رندو
ذرا اس بزم میں ذکرِ شراب آہستہ آہستہ

مگر چھوڑیئے اس ذکر کو ہم یا آپ کہاں کے انجمن ترقی اُردو واقع ہوئے ہیں کہ ادب پروری اور ادب نوازی کرتے ہیں خواہ ٹھنڈے چولھے میں جو ہے اپنا اکھاڑہ ہی کیوں نہ بنالیں مطلب ہے روپے سے اگر وہ مل رہا ہے تو بس ٹھیک ہے رہ گئی ادبی خدمت وہ بھی اس حد تک تو ہوتی ہی رہتی ہے کہ آپ کے فلم میں

ہونے سے معیار کو لاکھ گرانے کی کوشش کی جائے پھر بھی کہیں نہ کہیں تو سلیقہ نظر آ ہی جاتا ہے۔

اس وقت میں آپ سے مخاطب ہوں اور تصور میں آپ دیسی نہ سہی مگر احمد آبادی پان کھاتے نظر آ رہے ہیں۔ ہاں صاحب کھائیے خوب کھائیے آپ کو حق ہے پان کھانے کا ہماری طرح نہیں کہ اپنے خشک مسالے پر قناعت کئے بیٹھے ہیں ؎

تو ہے اور دریا دلی ہے ساقیا
میں ہوں اور تشنہ لبی ہے آجکل

دریا دلی سے یہ مطلب نہیں کہ آپ تشنہ کاموں کو بھی سیراب کرتے ہیں خود اپنے کو بھی سیراب کرنا کیا کم دریا دلی ہے۔ اُٹھئے اور میرے نام کا بھی ایک پان بنا کر کھا لیجئے۔ میں آپ کی یاد میں خشک مسالے کا پھنکا مار رہا ہوں۔

شوکت تھانوی

ماہر القادری کے نام

گڑھی شاہو - لاہور

مرشدی و مولائی!

آپ سے زیادہ اس بات کا اندازہ اور کس کو ہو گا کہ انسان اپنے چہروں پر کیسے کیسے نقاب ڈالے پھرتے ہیں اور ان نقابوں کے نیچے جو چہرے ہوتے ہیں وہ ان نقابوں سے کس قدر مختلف ہوتے ہیں۔ مجھ کو تو نہ جانے کیوں ہر اجتماع پر کچھ فینسی ڈریس قسم کے میلے کا گمان گذرتا ہے اور جب کسی اجنبی سے ملتا ہوں جی چاہتا ہے کہ ملتے ہی اس نقاب کے اندر جھانک کر دیکھ لوں اور اس فریب نظر میں مبتلا رہنے کی خود کوشش نہ کروں جس میں مجھ کو مبتلا رکھنے کی کوشش کی جا رہی ہے۔ مجھے یاد نہیں کہ

میں آپ سے پہلے پہل کہاں ملا تھا۔ مگر یہ یاد ہے کہ ملتے ہی میں نے آپ کو برافگندہ نقاب بھی دیکھ لیا تھا اور اطمینان ہو گیا تھا کہ فرشتوں کی سی صورت بنائے ہوئے یہ دراصل انسان ہی ہے جس سے میں ملا ہوں حالانکہ تقدّس کا یہ غازہ آپ نے بڑے ماہرانہ انداز سے چہرے پر مل رکھا تھا۔ گفتگو میں بڑی قادرانہ معصومیت بھی پائی جاتی تھی۔ کیسی بھولی بھولی باتیں آپ کر رہے تھے۔ چہرے سے نور اور آنکھوں سے ایمان کا سرور برس رہا تھا کہ یکا یک ایک طرف سے کفر کا طوفان امنڈا۔ کہکشاں کی گرد اڑاتا ایک جھاڑو ستارہ نظر آیا اور جب یہ گرد چھٹی تو چودھویں کا چاند نگاہوں کے سامنے نکھر کر آ گیا اور نتیجہ یہ ہوا کہ ؎

اک شیخ کے تو ہاتھ سے تسبیح گر گئی

وہ چہرے کا تقدّس حیرت بن گیا۔ نگاہیں اٹھیں تو جھکنا بھول گئیں۔ اور آخر بڑی دیر کے بعد یہ طلسم ٹوٹا۔ دونوں ہاتھ کانوں پر آ گئے اور رخساروں پر توبہ کے طمانچے پڑنے لگے۔ بار بار آپ لاحول پڑھتے تھے اور رخساروں پر طمانچے مارتے تھے آپ تو خیر انسانیت سے گذر کر پھر فرشتہ بننے کی کوشش کر رہے تھے مگر آپ کے معتقدین کو یہ اطمینان ہو چکا تھا کہ اس فرشتے میں انسانیت اب تک موجود ہے ؎

ماہر کی سادہ باتوں سے اللہ بچاتا ہی رکھے
خود تو یہ بڑے ہی حضرت ہیں اوروں کو نصیحت ہوتی ہے

بہر حال ایک ہی جھٹکے میں گوشۂ نقاب کچھ اس طرح اٹھا کہ آپ کی زیارت ہو گئی اور پھر تو آپ ایسا کھلے کہ اپنی ہی قسم کے صرف انسان ہی نہیں بلکہ زندہ انسان نظر آئے۔ آپ کی پاکبازی تسلیم۔ آپ کا زہد و تقدس بجا مگر خود آپ ہی نے تو ایک جگہ اپنے حالات لکھتے ہوئے تحریر فرمایا ہے کہ :-

"تجربہ نے بتایا ہے کہ شاعری کی جو اسلام نے حوصلہ افزائی نہیں کی اس کا ایک سبب شاید یہ بھی ہے کہ شاعر کی جوانی رنگینیوں سے بچ نہیں سکتی۔ اس سمندر میں کوئی ڈوبے گا نہیں تو تر دامن ضرور ہو جائے گا۔ شعر و ادب کی شہرت اپنی جگہ خود ایک فتنۂ عظیم ہے

نغمۂ شعر و جوانی کا وہ عالم توبہ
میری آنکھوں میں قصیدے تھے ہونٹوں پہ غزل

اس انداز کے شعر اسی دور کی یادگار ہیں۔

اس تجربہ میں اگر آپ اجازت دیں تو صرف پہلے ٹکڑے کی داد دے دوں "تجربہ نے بتایا ہے"۔ اور کوئی دھوکہ کھا جائے تو دوسری بات ہے مگر مجھے تو پہلے ہی یقین تھا کہ ہو نہ ہو آپ ہیں "تجربہ کار" ضرور

اپنے ان ہی حالات میں آپ نے یہ بھی تو فرمایا ہے کہ :-

"مولانا میں کسی صورت سے بھی نہیں ہوں۔ لیکن یا لوگوں نے مجھے مولانا بنا دیا ہے۔ یا تو لوگوں نے میرے ساتھ مذاق کیا ہے

یا وہ بیچارے میری شخصیت اور ذات کے بارے میں شدید
غلط فہمی میں مبتلا ہیں۔"

مولانا آپ کسی صورت سے خواہ نہ ہوں مگر خود اپنی صورت سے ضرور ہیں۔ بار لوگوں سے زیادہ آپ نے خود اپنے کو مولانا بنا دیا ہے اور ہماری اس بیچارگی پر آپ کو ترس بھی نہیں آتا کہ ہم آپ کی شخصیت اور ذات کے بارے میں شدید غلط فہمی میں مبتلا ہیں۔

قصہ صرف یہ ہے کہ آپ فرشتہ نہیں صرف انسان ہیں اس سے میری مراد یہ نہیں کہ مجھے آپ کی پاکبازی میں شک ہے مگر انسان بھی تو پاکباز ہو سکتا ہے بلکہ سب سے بڑے فرشتے عزازیل نے تو فرشتوں کا ریکارڈ ایسا خراب کیا ہے کہ فرشتہ بن جانا کوئی خوبی نہیں رہی ہے۔ شکر ہے کہ آپ مجھ کو انسانیت کے جامے میں نظر آئے اختلاف صرف اس سے ہے کہ آپ کو کبھی کبھی خود اپنا مولانا ہونا ایسا یاد آتا ہے کہ ہم فرش نشینوں کی سطح سے اُچک کر ایک سوم منبر پہ پہنچ جانے میں مثلاً اپنے ہی چند شعر سنئے ۔

یہ کمسنی کا زمانہ یہ ابتدائے شباب
یہ شوخیوں کے افق سے طلوعِ مہر حجاب
جھکی جھکی سی نگاہوں کے نیم وا غنچے
نکار کا سا تبسم کہ نا شگفتہ گلاب

ز فرق تا بقدم سحر و نغمہ و مستی
نظر نظر ہیں فسانہ نفس نفس ہیں رباب
جو دیکھیئے تو ہر اک پر نظر توجہ کی
جو سوچیئے تو کسی سے نہیں ہے کوئی خطاب

یہاں تک شاعر نے نظم کہی پھر اس کو یکایک اپنا مولانا ہونا یاد آگیا چنانچہ مولانا نے یہ آخری شعر کہا ہے

خدا کرے یہ نگاہِ جہاں سے دور رہے
کہ اس زمانے میں ہے عصمتِ نظر نایاب

ملاحظہ فرمایا آپ نے فرق؟

شوکت تھانوی

احمد ندیم قاسمی کے نام

گڑھی شاہو - لاہور

محبِ مکرّم!

اللہ اللہ آپ کی ایک شخصیت میں انواع واقسام کی کتنی حیثیتیں موجود ہیں۔ شاعر آپ افسانہ نگار آپ صحافی آپ اور سیاستدان آپ۔ مگر میں تو ان تمام حیثیتوں سے گذر کر آپ ہی کے الفاظ میں آپ کے متعلق صرف یہ کہہ سکتا ہوں کہ ؎

انساں عظیم ہے خدایا

اور واقعہ بھی یہی ہے کہ ؎

ہمیں تو عظمتِ انساں کو آزمانا ہے

بلکہ آزما چکے ہیں۔ بار بار آزما چکے ہیں اور یہ عظمت ہمیشہ عظمت ہی رہی ہے۔
آپ کی شاعری۔ آپ کی افسانہ نگاری۔ آپ کی انشاپردازی اور آپ کی صحافت
کو بعد میں زیر بحث لاؤنگا اور خدا جانے لاؤنگا بھی یا نہیں مجھے تو آپ کی
انسانیت ہی میں اتنی محبوبیت نظر آتی ہے کہ اُسی کے ذکر کے لئے ایک مستقل
دفتر کی ضرورت ہے۔ قصہ دراصل یہ ہے کہ مجھے آپ پر اس وقت غصہ بھی
آرہا ہے۔ بھلا یہ بھی کوئی بات ہے کہ انسان میں خوبیاں ہی خوبیاں ہوں جیسے
کے سہارے کے طور پر ایک آدھ خامی بھی نہ ہو۔ خیر صاحب آپ شراب
نہیں پیتے نہ سہی کم سے کم تمباکو ہی کھا لیا کرتے۔ آپ اس کے جواب میں
کہیں گے کہ سگریٹ تو پیتا ہوں۔ جی ہاں مجھے معلوم ہے جیسی آپ سگریٹ
پیتے ہیں۔ کاش آپ نے اپنے کو سگریٹ پیتے ہوئے بھی دیکھا ہوتا کہ کس قدر
اناڑی معلوم ہوتے ہیں۔ یوں تو آپ خیر سے پان بھی کھا لیتے ہیں۔ مگر سچ
کہیئے گا پان کھانے اور گنڈیریاں چوسنے میں آپ نے کبھی کوئی فرق محسوس
کیا۔ خون لگا کہ شہیدوں میں شامل ہونا دوسری بات ہے ورنہ یہ واقعہ ہے
کہ آپ پان نہیں کھاتے میرے سوال پر کس فخر سے آپ نے فرمایا تھا کہ جی ہاں
پان کھاتا کیوں نہیں ہوں البتہ خود خرید کر کبھی نہیں کھایا کاش آپ کو معلوم
ہوتا کہ پان خرید کر بھی نہیں بلکہ اپنے کو بیچ کر کھایا جاتا ہے۔ آپ گھبرا رہے
ہوں گے کہ اس کمبخت نے وہی پان کی بکواس شروع کردی۔ جی نہیں۔ آپ سے

بھلا میں پان کا ذکر کیوں کرونگا۔ آپ کیا جانیں کہ پان کیا ہوتا ہے میں تو یہ عرض کر رہا تھا کہ یہ بھی کوئی انسانی خوبی ہے کہ بس خوبیاں ہی خوبیاں ہوں۔ میری سمجھ میں تو یہ بات آتی نہیں کہ بغیر خامیوں کے انسانیت کیونکر پختہ ہو سکتی ہے۔ بغیر لغزشوں کے زندگی کا یہ سفر کیونکر طے ہو سکتا ہے۔ انسان خطا اور نسیان کا مرکب کہا گیا ہے مگر آپ عجیب قسم کے انسان ہیں کہ آپ کی ترکیب میں یہ دونوں لازمی اجزا غائب نظر آتے ہیں۔ جہاں تک شرافت کا تعلق ہے میرے خیال میں بس یہ کافی ہے کہ انسان خاندانی طور پر شریف ہو مگر آپ ہیں کہ ذاتی طور پر بھی اس حد تک شریف بنے ہوئے ہیں کہ آپ کو فرشتہ ثابت کرنا جتنا آسان ہے انسان ثابت کرنا اتنا ہی مشکل ہے۔ دوستوں کے تو سب ہی دوست ہوتے ہیں مگر آپ اللہ جانے کس دل گردے کے ساتھ ان کے ساتھ بھی دوستی نباہتے رہتے ہیں جو دوستی کے پردے میں آپ کو چھل دے جائیں۔ سوال یہ ہے کہ ایسے شریف آدمی سے کوئی کیا تعلق رکھے۔ نہ کوئی نشیب ہے نہ فراز۔ نہ کوئی گھماؤ ہے نہ پھراؤ بس ایک سپاٹ قسم کی شرافت۔ سوال یہ ہے کہ خود آپ کا جی نہیں گھبراتا اس مسلسل اور مستقل شرافت سے۔ ہائے کیسا کیسا جی چاہتا ہے کہ کبھی ندیم سے بھی کوئی غلطی سرزد ہو۔ ان حضرت کی بھی کوئی لغزش نظر آجائے تو خدا کا شکر ادا کریں کہ اس فرشتے میں بھی انسانیت کی رمق نظر آگئی۔ بڑی جستجو کے بعد ایک گھر کے بھیدی نے یہ لنکا ڈھائی ہے

کہ ندیم گھر کے اندر کھل کھیلتے ہیں۔ عزیزہ خدیجہ مستور نے آپ کی شخصیت پر جو کچھ لکھا ہے اُس سے کچھ کچھ اطمینان ہوتا ہے کہ خواہ کتنی ہی بھولی بھالی کیوں نہ ہوں مگر کچھ شرارتیں ہیں تو سہی جو آپ سے بھی منسوب کی جاسکتی ہیں۔ مگر ایسی بناسپتی شرارتیں بھی کس کام کی کہ کسی بچّی کو ستانے کے لئے اُس کی گڑیا کو کوسنا شروع کر دیا۔ حلوہ کھانے کے لئے نت نئے بہانے تراش لئے۔ کبھی خدیجہ کو پیٹنے کی دھمکی دے دی کبھی ہاجی سے جھگڑنے بیٹھ گئے ع

انساں عظیم ہے خدایا

مگر اُسے ایسی چھوٹی اور بچکانہ شرارتیں کرتے شرم نہیں آتی۔ اتنا بڑا آدمی اور اتنی چھوٹی شرارتیں۔ طفیل صاحب نے آپ کی شخصیت پر جو کچھ لکھا ہے اُس میں ایک رومان بھی ہے۔ بھئی خدا کرے یہ سچ ہو حالانکہ آپ سے ڈر ہی معلوم ہوتا ہے کہ کہیں آپ یہ نہ کہہ دیں کہ ع

ہم بہو بیٹیاں یہ کیسا جانیں

بات یہ ہے کہ اس قسم کی باتوں پر یقین اس لئے نہیں آتا کہ یہ باتیں دراصل آپ کے بس کی ہیں نہیں۔ آپ لاکھ اپنے کو سمجھاتے ہیں۔ اُبھرتے ہیں۔ کسمساتے ہیں حد یہ ہے کہ یہاں تک کہہ گزرتے ہیں کہ ؎

مری غیور امنگ شباب فانی ہے
غرورِ عشق کا دیرینہ کھیل ہارو بھی

"غیور" اور "غرور" کے پردے ڈال کر آپ نے بات صرف اتنی کہی ہے :-

لاج کی ماری کیسے منہ سے میں بولوں اور جوانی بیتی جائے

مگر مصیبت یہ ہے کہ آپ سے پھر بھی محبت ہے۔ آپ پان نہیں کھاتے پھر بھی اچھے معلوم ہوتے ہیں۔ شخصیت نہایت مکمل ہے کاش کسی خامی کی آرائش بھی ہوتی۔ یہی کیا کم ہے کہ غلطیاں نہیں کرتے مگر سزا پاتے ہیں۔ دعا صرف یہی ہے کہ خدا آپ کو کم سے کم اتنی بڑائی خیر تو دے ہی دے کہ کبھی کبھی ذرا ڈگمگا بھی جایا کریں۔ اس دعا کے بعد اب صرف ایک التجا باقی رہ جاتی ہے کہ لیجئے ایک پان میں بناتا ہوں آپ کھا لیں آپ کا پان کھانے کا الھڑ پن مجھے اس لئے محبوب ہے کہ آپ کی زندگی میں کچھ نہ کچھ تو رنگ نظر آ ہی جاتا ہے۔

شوکت تھانوی

شوکت تھانوی کے نام

گڑھی شاہو۔ لاہور

حبیب مکرّم!

آپ کے وہ خطوط نظر سے گذرے جو آپ نے "بارِ خاطر" کے نام سے بزعمِ خود مولانا ابوالکلام آزاد کی "غبارِ خاطر" کی پیروڈی کے طور پر تحریر کئے ہیں۔ اس سلسلے میں سوائے اس کے اور کیا عرض کر سکتا ہوں کہ خدا ہی آپ سے سمجھے۔ کاش آپ نے اپنے چھوٹے منہ سے یہ بڑی بات کرنے سے پہلے ہی اندازہ کر لیا ہوتا کہ کہاں مولانا ابوالکلام آزاد اور کہاں جناب کی ذات والا صفات ع

آسماں کو زمیں سے کیا نسبت

مولانا آزاد کی دوسری خصوصیات کو جانے دیجئے کہ وہ بیک وقت مصنف بھی ہیں۔ مفکر بھی، مقرر بھی۔ مدبر بھی اور فلسفی بھی۔ صرف ان کی ادبی حیثیت کو لے لیجئے تو وہ بھی اس قدر بلند ہے جہاں سے آپ کے ایسے حشرات الارض نظر بھی نہیں آتے۔ وہ ایک صاحب طرز انشاء پرداز ہی نہیں ہیں بلکہ ادبیات میں ان کا کوئی بھی حریف نہیں۔ آپ چلے ہیں ان کی پیروڈی کرنے یعنی اس ادب کی پیروڈی کرنے جو خود آپ کی سمجھ سے بلند و بالا ہے۔ آپ کے ان مکاتیب سے صرف یہ معلوم ہوتا ہے کہ آپ نے غالباً غبار خاطر کو صرف اتنا ہی سمجھا ہے کہ مولانا نے ان تمام اشعار کے استعمال کے لئے یہ خطوط لکھے ہیں جو ان کے حافظہ میں محفوظ تھے۔ یا زیادہ سے زیادہ آپ کے پلے مولانا کا چائے سے شغف پڑ گیا ہے جس کو آپ نے اپنے پان کے رنگ میں پیش کیا ہے۔ اگر اسی کا نام پیروڈی ہے تو اس کا مطلب یہ ہوا کہ خیر سے آپ پیروڈی کے مفہوم سے بھی ناآشنا ہیں۔ اس کو پیروڈی سے زیادہ منہ چڑھانا کہنا چاہیئے ع

زباں بگڑی تو بگڑی تھی خبر لیجے دہن بگڑا

اس کو اگر کچھ کہا جا سکتا ہے تو ادب کے ساتھ بے ادبی۔ بلکہ یہ بے ادبی بھی اس ذیل میں آتی ہے کہ:۔

بازی بازی بار یش بابا ہم بازی

اور آپ کے اسی بھٹکنے کا نتیجہ یہ ہوا ہے کہ آپ کی اس "بارِ خاطر" میں جو اسم بامسمّٰی ہے اور واقعی بارِ خاطر ہی ہے جگہ جگہ عالم یہ ہے کہ ؎

آگہی دامِ شنیدن جس قدر چاہے بچھائے
مدّعا عنقا ہے اپنے عالمِ تقریر کا

آپ نے اس مجموعہ میں اپنے دوستوں۔ عزیزوں اور بزرگوں کے نام جو مکاتیب لکھے ہیں اگر ان پر غبارِ خاطر کی پیروڈی کا لیبل چسپاں نہ ہوتا تو محض بطور خطوط کے وہ پھر بھی غنیمت تھے حالانکہ پھر بھی میں یہ تجویز ضرور پیش کرتا کہ اپنے ان خطوط کے مجموعے کا نام آپ باہدان رکھ دیجیے مگر بحالتِ موجودہ تو اس مجموعہ کی حیثیت اگالدان کی سی ہے کہ آپ نے ابوالکلام آزاد ایسے مستند صاحبِ طرز کا طرز اڑانے کی کوشش کی ہے اور گت یہ بنی ہے کہ "کوا چلا ہنس کی چال اور اپنی چال بھی بھول گیا"۔ البتہ یہ کہا جا سکتا ہے کہ جس طرح مولانا ابوالکلام آزاد نے غبارِ خاطر میں اپنا دماغی پس منظر دنیا کے سامنے پیش کیا ہے۔ آپ نے بھی بارِ خاطر میں اپنا دماغی توازن کھو کر اس کا پس منظر دنیا کے سامنے پیش کیا ہے۔ کہاں مولانا آزاد کا اندازِ بیان کہاں جناب کا قلم ع

کہتے ہیں کہ غالبؔ کا ہے اندازِ بیاں اور

غبارِ خاطر میں صرف خطوط نہیں ہیں۔ بڑے بڑے مسائل ہیں بڑے بڑے پیچیدہ عقدے ہیں۔ خیر وہ مسائل نہ سہی وہ عقدے بھی جانے دیجیے۔ پیروڈی

کے لئے یہ ضروری تھا کہ کم سے کم اندازِ بیان ہی متصل ہوتا۔ جملوں کی ساخت اور فقروں کی ترکیب ہی ملتی جلتی ہوتی۔ چائے کے بجائے پان کا ذکر کیا تھا تو وہی ذرا سلیقے سے کیا ہوتا۔ پیروڈی جس کا ترجمہ صرف ”بیڑہ مارنا“ ہو سکتا ہے ہنسنے ہنسانے کی چیز ہے مگر آپ نے پیروڈی کی یہ نئی قسم ایجاد کی ہے جسے دیکھ کر رونا آتا ہے۔ ”بارِ خاطر“ کے مصنف کے لئے اگر بارِ خاطر نہ ہو تو یہ دوستانہ مشورہ پیش کرتا ہوں کہ ان مکاتیب پر سے غبارِ خاطر کی پیروڈی کا لیبل اُتار دیجئے۔ اس کا نام بارِ خاطر بھی نہ رکھئے سیدھا سادا نام ”مکاتیبِ شوکت“ رکھ لیجئے۔ اس لئے کہ یہ واقعہ ہے کہ جہاں تک پیروڈی کا تعلق ہے پیروڈی تو بس یہیں پر ختم ہو گئی کہ آپ نے ”غبارِ خاطر“ کی جگہ اپنے اس مجموعہ کا نام ”بارِ خاطر“ رکھ دیا۔ مگر اس کے بعد آپ کو چاہیئے تھا کہ قارئین کے لئے بارِ شاطر بنتے آپ تو سچ مچ بارِ خاطر ہی بن گئے۔

مگر یہ باتیں آپ کی سمجھ میں کیوں آئیں گی ایسے ہی سمجھدار ہوتے تو یہ ناسمجھی کیوں کرتے۔ غرض تو کیا کہ چلے تھے آپ مولانا کا طرز اختیار کرنے اور ہوا یہ کہ اپنا طرز بھی کھو بیٹھے ؎

ہاں اہلِ طلب کون سنے طعنۂ نایافت
دیکھا کہ وہ ملتا نہیں اپنے ہی کو کھو آئے

اگر آپ بُرا مان گئے ہوں تو جانے دیجئے۔ چھوڑیئے اس ذکر کو آپ سے تو

پان ہی کی بات کرنا چاہیئے۔ یہی ایک بات ہے جو آپ کی سمجھ میں آسکتی ہے۔ بہتر ہے۔ کھسکائیے پاندان اپنے قریب اور بنائیے ایک تازہ گلوری میرے لئے اور دوسری اپنے لئے۔ خدا کرے اسی پاندان کی کسی کلھیا میں آپ کو اپنا وہ اسلوبِ تحریر بھی مل جائے جو آپ نے اپنے اس مجموعہ میں کھویا ہے۔

شوکت تھانوی